Extraict du Priuilege du Roy.

PAr grace & Priuilege du Roy, donné à Paris le troi-
siéfme iour de May mil six cens quarante-vn, signé,
Par le Roy en son Conseil, LE BRVN, il est permis à
ANTOINE DE SOMMAVILLE, Marchand Libraire
à Paris, d'imprimer ou faire imprimer, vendre & distribuer vne piece de Theatre intitulée, *Andromire, Tragi-
comedie, de Monsieur de Scudery*, & ce durant le temps de
cinq ans, à compter du iour que ladite Piece sera acheuée
d'imprimer, & defenses sont faites à tous Imprimeurs &
Libraires, & autres de quelque condition qu'ils soient,
d'en imprimer, vendre ou distribuer d'autre impression
que de celle qu'aura fait ou fait faire ledit DE SOMMA-
VILLE ou ses ayans cause, sur peine aux contreuenans
de mil liures d'amende, & de tous ses despens, dommages & interests; ainsi qu'il est plus amplement porté par
lesdites Lettres, qui sont en vertu du present extraict tenuës pour deüement signifiées.

Acheué d'imprimer le 28. May 1641.

Les Exemplaires ont esté fournis.

LE FILS

DESADVOÜÉ,

OV LE

IVGEMENT

DE THEODORIC

ROY D'ITALIE.

TRAGICOMEDIE

DE Mr GVERIN.

A PARIS,

Chez ANTOINE DE SOMMAVILLE,
au Palais, en la gallerie des Merciers,
à l'Escu de France.

M. DC. XLII.

AVEC PRIVILEGE DV ROY.

ACTEVRS.

THEODORIC, Roy d'Italie.

SINDERIC, Fils Defaduoüé de Iulie.

MAXIME, Cheualier Romain Amant de Iulie.

IVLIE, Mere de Sinderic, veufue de Lepide.

HORACE, Amy de Maxime.

EMILE, Amy de Sinderic.

LIVIE,

CORNELIE, } Suiuantes de Iulie.

BOECE, Senateur Romain & Ministre d'Estat de Theodoric.

Suite de Theodoric

La Scene est dans Rome.

LE FILS
DESADVOVE,
TRAGI-COMEDIE.

ACTE PREMIER.

SCENE PREMIERE.
IVLIE seule.

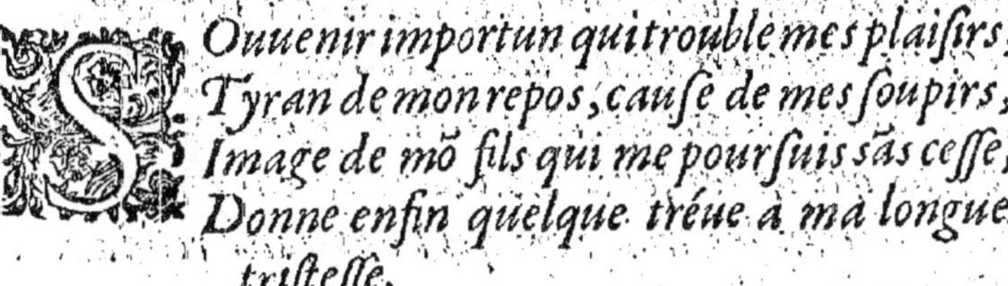

Ouuenir importun qui trouble mes plaisirs,
Tyran de mon repos, cause de mes soupirs,
Image de mõ fils qui me poursuis sãs cesse,
Donne enfin quelque tréue à ma longue
tristesse.
Cher & funeste object de ma plus tendre amour,
Gage qui ne fus mien que l'espace d'vn iour,

A

Present de la nature, & fruict de l'Hymenée,
Felicité rauie aussi tost que donnée,
Innocent mal-heureux de qui ie plains le sort,
Sans sçauoir si ie pleure ou ta vie ou ta mort.

Cesse cesse, mon fils, de troubler ma pensée,
Du mortel desplaisir de ma perte passée:
Ah ! si depuis vingt ans ie souspire pour toy,
N'ay-ie pas satisfaict à ce que ie te doy,
Et nos mauuais destins me portent ils enuie,
Quand ie pense vn moment aux douceurs de la vie?

Ma douleur c'est assez triomphé de mon cœur,
Amour veut à son tour en estre le vainqueur,
Et ce Dieu des plaisirs me presentant ses charmes,
Vient défendre à mes yeux de répendre des larmes.

Cédons, cédons mon cœur, & changeons en ce iour
Nos souspirs de tristesse en des soupirs d'amour;
Aussi bien desormais ce seroit faire vn crime,
Que de ne pas respondre aux desirs de Maxime.

Maxime en qui le Ciel versant tous ses tresors,
A ioints les biens de l'ame & les graces du corps,
Maxime qui pour moy faict gloire du seruage,
Depuis vn lustre entier que dure mon veufuage,
Ah ! genereux amant trop digne d'estre aymé,
Ie sens que de tes feux mon cœur est enflammé,
Et qu'en fin les froideurs qui t'ont faict resistance,
Vont ceder à l'ardeur de ta perseuerance.

Mais miserable helas ! est ce donc ton dessein,
De mettre derechef vn vautour dans ton sein,

Et ſuiuant de nouueau les loix de l'Hymenée,
Voudrois tu pour iamais te rendre infortunée?

Ne te ſouuient-il plus de ce ſoubçon ialoux,
Qui iadis alluma la fureur d'vn eſpoux
Et t'arrachant vn fils par vn arreſt ſeuere
Te rendit orfeline en meſme temps que mere?
Ou ſi ton eſprit garde encor ce ſouuenir,
Peus-tu voir le paſſé ſans craindre l'aduenir?

Helas! ce triſte objeƈt reuenant dans mon ame,
Deſtruiƈt tous les deſſeins qu'auoit formé ma flame,
Et bien loin de penſer à terminer mon deuil,
Ie regarde l'Hymen de meſme qu'vn eſcueil.

Qu'ay-ie dit, ame ingrate, amante ſans courage,
Eſt-ce là le deuoir où l'amour nous engage?
Et quelle eſt cette loy qui m'ordonne aujourd'huy
De punir mon amant de la faute d'autruy?

Ah! déplorable eſtat, où mon ame ſe trouue
Ie n'oſe conſentir aux deſſeins que i'approuue,
Contre mes propres vœux, mes vœux ſont reuoltez,
Et ie ne reſous rien dans ces perplexitez.

SCENE II.

LIVIE.

Adame le Roy vient par la porte pro-
chaine,
Dubalcõ de la sale, on le peut voir sãs peine,
Le spectacle en est beau, tout le monde le suit.

LIVIE.

Allons voir.

LIVIE.

Il est pres, i'entens desia du bruict.

SCENE III.

THEODORIC & sa suite, EMILE.

THEODORIC.

ENfin la tyrannie a perdu son azile,
Rauenne a succombé, cet Empire est tranquile,
Et le plus obstiné de tous nos ennemis,
Le fleau de l'Italie, Odoacre est soumis.

C'estoit pour vous Romains que ie faisois la
   guerre,
Ce fut pour vous encor que ie quittay ma terre,
Mais quelques grands que soient tous mes trauaux
   passez,
Vostre accueil auiourd'huy les a recompensez.
O vertu que tes fruicts ont de douceurs extrémes,
Quand ils ne sont produicts que pour l'amour d'eux
   mesmes!
Qu'il est beau de regner lors qu'on a combatu !
Et qu'vn throsne a d'appas que donne la vertu!

SCENE IV.

EMILE, THEODORIC, BOECE.

EMILE.

VOicy Boece,

THEODORIC.

Ah Dieu! ie voy donc ce grand homme,
Qui soustient auiourd'huy la puissance de Rome,
Boece leuez vous,

BOECE.

Grand Prince souffrez moy,

THEODORIC.

Ah! c'est trop, leuez vous.

BOECE.

I'obeys à mon Roy.
Sous vos lauriers, Seigneur, à l'abry du tonnerre,
Rome croit que le Ciel ne hait plus tant la terre,
Et qu'il a faict dessein de se montrer plus doux,
Depuis qu'il luy destine vn Prince tel que vous.
   Le peuple vous l'a dit par ses larmes de ioye;
C'est pour vous l'expliquer que le senat m'enuoye,
Heureux si mes discours dans vn si beau dessein,
Respondoient à l'ardeur que ie sens dans mon sein.
   Romains, qui dans vos cœurs benissez ce grand
      Prince,
Qui vient porter la paix dedans vostre Prouince,
Tournez vos yeux sur moy, venez de tous costez,
Tachez de m'inspirer ce que vous ressentez.
   Autrefois dites-vous la puissance Gottique,
Aterra la grandeur de vostre Republique,
Rasa le Capitole, & tous ses bastimens,
Où Rome conseruoit ses plus beaux monumens.
   Auiourd'huy ce grand Roy par la mesme puis-
      sance,
Restablit cet Empire en sa magnificence,
Et par vn pur motif de generosité,
Va rendre à vos palais leur premiere beauté,

Mais cōment peut-on voir dedās l'ordre des choses
Deux differens effects de deux semblables causes ?
Ceux qui nous hayssoient sont nos meilleurs amys,
Ceux qui nous ont perdus nous ont aussi remis.

C'est, Romains, que le Roy des autheurs de nos
    plaintes
Ne seruoit autre Dieu que des Idolles feintes,
Où les Demons parlant auec authorité
Commandoient le desordre & l'inhumanité :

Mais ce grand Roy, qui vient reparer nos ruines,
Adore le vray Dieu qui deffend les rapines,
Cette source de bien, ce Dieu dont les decrets
Ne respirent qu'amour, que douceur, & que paix.
C'est de cette bonté qu'il se faict des exemples,
Qu'il apprend à pleurer nos maisons, & nos temples,
Qu'il aprend à regner seulement dans les cœurs,
Et de ne les forcer qu'auecques des faueurs.

Qu'il vienne donc chez nous receuoir la couronne,
Que moins que nos souhaits la victoire luy donne :
Il est iuste, Romains, que le plus grand des Roys,
Au plus grād des estats donne auiourd'huy des loix.

O Prince desirable à qui Dieu sert de guide !
O Senat bien-heureux où ce Prince preside !
Soient tous vos iugemens si remplis d'equité
Qu'on les donne en exemple à la posterité !

THEODORIC.

Boece, dans ce vœu ie vous trouue admirable,
La iustice est chez nous d'vn prix inestimable,

Et de tous les surnoms dont on peut me flater,
Celuy de Iuste seul me pourroit contenter.
    Qu'vn Prince est fortuné qui sans remors de vice
Par ce nom se croit faire à soy-mesme iustice,
Et qu'vn peuple est heureux de viure soubs des Rois
Qui tirent leur splendeur du lustre de leurs loix!
    Mais comme rarement on porte à nostre veuë
L'obiect ou le recit d'vne verité nuë,
Comme on nous la déguise auec des ornemens,
Pour en tirer tousiours nos diuertissemens,
Il est bien mal-aisé que soubs cet artifice,
Les yeux d'vn Prince seul découurent la iustice,
Et c'est en ce subiect qu'vn sage potentat,
Doit consulter l'esprit d'vn ministre d'estat,
Dont la felicité, la science, & l'adresse,
Esgalent s'il se peut les vertus de Boece.

BOECE.

C'est exemple Seigneur.

THEODORIC.

                    Est sans comparaison.
Et mon choix en doit estre vne bonne raison:
Ouy! ie vous ay choisi pour le bien de la terre,
Pour dispenser au monde, & la paix & la guerre,
Pour vous charger des soins que ie ne puis porter,
Pour regner auec nous & pour nous assister.
                                    Ie sçay

Ie ſçay que cet honneur illuſtrant voſtre vie,
Attirera ſur vous, & la hayne & l'enuie,
Qu'on vous accuſera des mal-heurs des Romains,
Comme ſi les deſteins eſtoient entre vos mains,
C'eſt du peuple ignorant la commune Maxime,
Il croit que la faueur ne peut-eſtre ſans crime,
Et qu'vn iuſte deſſein doit neceſſairement
Produire dans ſa ſuitte vn bon euenement.

Mais ie ſçay bien auſſi que vous auez vne ame,
Qui ne s'eſtonne point pour vn iniuſte blaſme,
Et qui peut demeurer dans la tranquilité,
Aux cris tumultueux d'vn peuple reuolté :
Que l'amour de la gloire eſt le ſeul qui vous flatte,
Que vous pouuez ſeruir vne patrie ingrate,
Et qu'enfin vous ſçauez qu'à de nobles eſprits,
La vertu de ſoy-meſme eſt le plus digne pris.

Ainſi ie croy qu'vn iour vos Conſeils, & mes armes
Aux plus grands potentats donneront des alarmes,
Remettront cét Empire en ſon premier eſclat,
Porteront loin du Rhin les bornes de l'Eſtat.

Et feront confeſſer aux Maiſtres de la terre,
Qu'il n'apartient qu'à nous de bien faire la guerre,
Que rien ne nous reſiſte ou nous ſommes tous deux,
Et que ſoubs noſtre regne vn peuple eſt biē-heureux.

BOECE.

Que ie le ſuis Seigneur de conſacrer ma vie
Aux importants emplois où mon Roy me conuie.

THEODORIC.

Cependant ce beau iour nous inuite à sortir,
Montons au Capitole, allons nous diuertir,
Voyons les raretez qu'on admire dans Rome;
  Mais que faict Scinderic? c'est encore vn grand
  homme,
Que la seule vertu sans la faueur du sang,
Esleue dans ma cour en vn illustre rang.

EMILE.

  Seigneur il vous suiuoit, mais vn de ses Gens-
  d'armes,
Blessé mortellement aux dernieres alarmes,
La fait vers l'Auentin reculer deux cents pas,
Voulant l'entretenir au point de son trepas.

THEODORIC.

  Allez voir ce que c'est ! Que ie plains ces Por-
  tiques,
Dont les restes brisez sont encor magnifiques!
Que ces ars triomphaux qui s'offrent à mes yeux,
Me font auec raison condamner mes ayeux,
Dont l'aueugle courroux a destruict la structure,
D'vn ouurage en qui l'art estonnoit la nature!
Rome que ie te plains ! & que i'auray d'honneur
Si ie puis quelque iour restablir ton bon-heur!

SCENE V.

SINDERIC. EMILE,

SINDERIC.

IE sçay que tous les iours ce Prince magnanime,
Par de semblables soins me monstre son estime,
Qu'il donne à mes trauaux l'honneur de nos côbats,
Et ne croit triompher qu'en faueur de mon bras,
Mais à quelque degré que se porte ma gloire,
Et quelques doux que soient les fruicts de la vi-
ctoire,
Ie n'ay peu m'estimer ny grand ny fortuné,
Que depuis vn aduis que Tulle m'adonné,
Icy tu conceuras des desseins magnifiques,
Dignes de mon courage, & des armes Gottiques,
Pour le bien de l'estat, pour la gloire du Roy;
Mais pourtant cét aduis ne regarde que moy.

EMILE.

Quoy se peut il trouuer encor quelque auantage?
Au de-là des faueurs dont le Roy vous partage,
Pour moy considerant l'estat où ie vous voy,
Vostre appuy, vos tresors, vos charges, vos employ,

Quoy que vous en disiez, i'ay de la peine à croire,
Que le Ciel vous reserue vne plus haute gloire.

SINDERIC.

Emile, il est certain que l'amitié du Roy
Sembloit auoir versé tous ses biens-faicts sur moy,
Auant que ce grand Prince eust attaqué Rauenne,
I'estois simple soldat, il me fit Capitaine;
Et cette qualitté m'aquist tant de renom,
Que ie fus estimé de l'Empereur Zenon.

Depuis entreprenant ce siege memorable,
Il n'a iamais cessé de m'estre fauorable,
Et ie confesse icy que son affection,
Est allée au de-là de mon ambition,
Lors que pour honnorer ma derniere victoire,
Il m'a donné le rang de prefect du Pretoire.

Ainsi ne pense pas que ie ne sçache bien,
Et quelle est ma grandeur, & dequoy ie la tien;
Sans cesse mon esprit cét obiect se propose,
I'en ressens les effects, i'en respecte la cause.

Mais il est vray pourtant, chèr & parfaict amy,
Que ie ne goutois pas ma fortune à demy,
Quand parmy tant de pompe, & de magnificence,
Ie pensois que l'enuie attaquoit ma naissance;
Et que nos courtisans murmuroient sourdement,
De voir vn incogneu traicté si noblement.

Enfin cét heureux iour me fournit la matiere,
Et d'vn plaisir parfaict, & d'vne gloire entiere,

Si le discours de Tulle est vne verité,
Rien ne peut s'opposer à ma felicité;
Ce n'est plus la faueur qui me faict Gentil-homme,
Ie suis d'vne maison qu'on respecte dans Rome,
Ie suis d'vn sang illustre, & parmy mes aieulx,
L'histoire des Romains a mis des demy-Dieux.

Tu ne dis mot, Emile, apres cette nouuelle,
Qui me doit couronner d'vne gloire immortelle?
Et tu peux endurer qu'il te soit reproché
De paroistre insensible où ie suis si touché?

EMILE.

Croyez-vous que la ioye ayt moins de violence
Lors qu'elle nous contraint de garder le silence?
Comme trop de lumiere empesche de bien voir,
Trop de plaisir abat, & ne peut esmouuoir,
I'en ressens les effects, cher amy que i'honore,
I'ay vos ressentimens, & i'ay les miens encore,
Et mon cœur accablé succombe à cét assaut,
Par l'excez de la ioye, & non par le défaut.

Ce n'est pas, Sinderic, qu'estant noble de race,
Vous teniez dans mon ame vne plus haute place;
Depuis que ie cognoy vos rares qualitez.
Vous possedez chez moy ce que vous meritez,
Mes sens à vostre abord vous dresserent vn temple,
Et ma raison depuis a suiuy leur exemple.

Ie ne regarde point ny naissance ny rang,
I'adore la vertu sans m'imformer du sang:

Nobles ou de bas-lieu, n'importe qui nous sommes,
C'est la seule vertu qui faict les gentil-hommes.

SINDERIC.

C'est là mon sentiment de mesme que le tien,
A parler proprement la naissance n'est rien;
Vne suite d'ayeulx renommez, dans l'histoire,
Et tout ce qu'ils ont faict ne faict pas nostre gloire.
Confesse toutesfois que le lustre du sang
Parmy les gens d'honneur n'a pas perdu son rang,
Et qu'enfin la vertu de noblesse parée,
Est plus considerable & plus considerée.
Ce pasle & vieux demon, cette peste des cours,
Ce serpent affamé qui se ronge tousiours,
L'enuie, en rencontrant ce meslange honnorable
Tempere son venin, & deuient plus traitable:
Ouy le merite ioint auec l'extraction,
Triomphe tous les iours de cette passion;
Et l'on voit rarement des vertus enuiées
Quand auec la naissance elles sont aliées:
C'est la reflexion que ie fais à present,
Ie considere icy l'honneste & le plaisant,
Et ne parle en faueur des naissances augustes,
Que pour te faire voir que mes transports sont iustes:
Ie te le dis encor, ie croy mon-heur parfaict,
Si mon sang est illustre au point qu'on me l'a faict,
Et si le ciel reserue vn tel bien à ma vie,
Il porte ma fortune au dessus de l'enuie.

EMILE.

Mais ne sçauray-ie point voſtre hiſtoire?

SINDERIC.

Suy moy.
Ie m'en vay de ce pas la raconter au Roy,
Et luy faire ſçauoir que l'eſclat de ma race,
Ne dément point le rang où m'eſleue ſa grace.

Fin du premier Acte.

ACTE II.

SCENE PREMIERE.

THEODORIC, sa suite, SINDERIC,
EMILE,

THEODORIC.

Voy! vous estes Romain & du sang des
Monarques?

SINDERIC.

Oüy Seigneur!

THEODORIC.

Vos vertus en sont de bonnes marques,
Quand vostre bouche a teu d'où vous estes sorty,
Vos belles actions nous en ont aduerty,
Tant d'exploits signalez, la prise de Rauene,
Les rebelles soubs-mis, Odoaire à la chaine,
Et ce que tous les iours vostre bras entreprend
M'ont bien persuadé que vous estiez né grand:

Mais

Mais pourquoy si long-temps cacher vostre naiſ-
ſance ?

SINDERIC.

Seigneur ie n'en auois aucune connoiſſance,
Ce fut ſeulement hier qu'vn de vos vieux ſoldats,
Mortellement bleſſé dans nos derniers combats,
Me dit que ma maiſon eſtoit dans l'Italie,
Que i'auois pour parens, & l'Epide, & Iulie,
Que ma mere eſtoit veufue, & qu'il mouroit contant
M'ayant peu deſcouurir ce ſecret important.

THEODORIC.

Mais vous ayant nommé ceux qui vous ont faict
naiſtre,
Qu'eſt-ce qu'il adiouſta pour vous faire cognoiſtre?

SINDERIC.

Il ne me dit plus rien, la mort trancha ſes iours
Sur le point qu'il vouloit pour ſuiure ſon diſcours.

THEODORIC.

Ce deffaut pourroit nuire à quelque ame cõmune,
Sans vertu, ſans amis, ſans valeur, ſans fortune,
Qui voudroit s'enrichir des biens de ſa maiſon,
Mais touſiours Sinderic aura trop de raiſon,
Il n'eſt point de famille en toute l'Italie,
Qui ne doiue enuier le bon-heur de Iulie,

Si parmy ses ayeulx plusieurs Roys sont contez,
Ils eurent la couronne, & vous la meritez;
Portant si l'interest ou de raisons secretes,
L'obligent à choquer le dessein que vous faictes,
Ie luy feray sçauoir qu'elle s'en prend à moy.

SINCERIC.

C'est trop pour vn subiect.

THEODORIC.

C'est trop peu pour vn Roy.
Mais ie croy que Iulie a trop bonne conduitte,
Pour ne pas approuuer vostre iuste poursuite,
Le merite & le sang ont beaucoup de pouuoir,
Donc sans perdre du temps allez-vous en la voir,
Employez vos efforts pour vous faire cognoistre
Vous deuez ce respect à qui vous a fait naistre,
Quelque rãg qu'auiourd'huy vous teniez dãs l'estat:
I'en sçauray le succez au sortir du Senat.

SCENE II.

SINDERIC, EMILE,

SINDERIC.

MAis, Emile, est-il vray qu'on croit dans l'I-
talie,
Que l'Epide n'eust point des enfans de Iulie?

EMILE.

Il est bien assuré, n'en doutez nullement.

SINDERIC.

Estouffe tes desseins dans leur commencement,
Mal-heureux Sinderic, il vaut mieux pour ta gloire;
Mais quoy puis-ie souffrir qu'ō trouue dās l'histoire,
Que Sinderic vescut sans parens, & sans nom?
Ah! c'est trop negliger l'honneur de ma maison!
Poursuiuons iusqu'au bout nostre recognoissance.
Ie croy que nous auons le droit & la puissance,
Que c'est en ce suiect ce qu'on peut desirer,
Et que de leur secours ie doy tout esperer.
Mais si contre mes vœux on vient à recognoistre
Qu'on m'a mal informé des auteurs de mon estre,

Ie perdray mon honneur en voulant le chercher,
Et ie decouuriray ce que ie veux cacher.
Dures extremitez où mon ame est reduite,
Ie ne puis approuuer ny blasmer ma poursuite,
Ie me laisse emporter à deux diuers desseins,
Et le choix que ie fais, est celuy que ie crains :
Ie la veux voir pourtant cette illustre Romaine,
Mais pour n'attirer pas, & ma honte, & sa hayne,
Quand ie l'entretiendray de mes aduersitez,
Ce sera seulement soubs des noms empruntez.

SCENE III.

MAXIME, IVLIE.

MAXIME.

MAdame, est-il donc vray que le destin m'en-
  uoye,
Apres tant de tourmens vne si grande ioye ?
Est-il vray que Iulie ayt eu pitié de moy ?
Et quelle veuille enfin recompenser ma foy ?
Vous m'aymez ! Ah bon-heur à qui tout autre cede !
Est-il vray qu'auiourd'huy Maxime vous possede ?

IVLIE.

Est-il vray qu'il en doute? & qu'il ne cognoist pas
Que son manque de foy me donne le trepas?
Quoy n'est-ce pas assez vous découurir mon ame,
Que de pousser pour vous tant de souspirs de flame?
Vous diray-ie que i'aymé!

MAXIME.

Ah! dittes le cent fois!
Ah! parole charmante! Ah fauorable voix!
Qui remplissez mon cœur de ioye & de merueille,
Ne vous lassez iamais de frapper mon oreille!
Vous m'aymez!

IVLIE.

Ie vous ayme!

MAXIME.

Ah! quel comble d'honneur!

IVLIE.

D'où naissent mes plaisirs!

MAXIME.

D'où naist tout mon bon-heur.
Regnez, Theodoric, & sur nous, & sur Rome
Possedez tout l'honneur que peut auoir vn homme

Faictes vous adorer sur les plus saincts Autels
Que la religion consacre aux immortels,
Ie ne changeroy point vostre pouuoir supreme,
Auec ces quatre mots, Maxime ie vous ayme?

IVLIE.

Quelqu'vn entre!

SCENE IV.

HORACE, MAXIME, IVLIE,

LIVIE.

HORACE.

*L*E Roy desire de vous voir.

MAXIME.

Faut-il donc vous quitter! tyrannique deuoir,
Oses-tu de l'amour attaquer la puissance?
Mais il faut se resoudre à ce moment d'absence,
Enfin le Roy le veut, Adieu.

IVLIE.

Dans cet instant
Ie sens que de son bien mon cœur n'est pas content,

Ses souhaits luy font peur, ce qui luy plaist le trouble,
Ie le veux asseurer, mais sa crainte redouble,
I'ayme pourtant Maxime autant que ie le puis:
Helas! ce n'est pas luy qui cause mes ennuis.

LIVIE.

Quoy Madame estre triste au point que l'Hymenée
Doit selon vos souhaits vous rendre fortunée!
Quoy ne sçauez-vous pas que peut estre auiourd'huy
Il vous donne Maximes en vous donnant à luy?
D'où peut donc proceder cette morne tristesse?

IVLIE.

D'un peu de preuoyance, & d'un peu de foiblesse,
Voyant que mon bon-heur est sans difficulté
I'ay presque du regret de l'auoir souhaité.

LIVIE.

Ce discours me surprend.

IVLIE.

Croy moy, chere Liuie,
Ie crains auec raison vn changement de vie.

LIVIE.

Pourquoy le craignez vous?

IVLIE.

Quand tu sçauras pourquoy
Tu seras obligée à le craindre auec moy;
Iamais vn tel discours n'est sorty de ma bouche,
Mais la part que tu prens à tout ce qui me touche,
M'oblige à découurir ce que i'ay tant caché,
C'est ma chere Liuie vn innocent peché.
Tu sçais bien que l'Epide estoit insupportable,
Et comme aupres de luy ie viuois miserable,
Comme il estoit ialoux iusques au dernier point,
Or aprens auiourd'huy ce que tu ne sçais point.
Deux ans & dauantage, il me tint hors de Rome,
En des lieux d'où iamais n'approchoit aucun hôme,
Là ie conçeus vn fils, fils trop infortuné,
Qu'vn pere desauoüe auant que d'estre né;
Oüy, Liuie, à l'instant qu'il en sçeut la nouuelle
Cét iniuste mary me traicte d'infidelle,
Et me faict enfermer dans vne forte tour
Où ie ne vois que l'air, & les bois d'alentour:
Personne ne me voit de toute la famille,
Il me faict seulement seruir par vne fille,
Que l'espoir où la crainte engagent fortement,
A cacher ma grossesse, & mon accouchement.
Ie me deliure enfin de ce fils miserable
Qu'vn iniuste soubçon auoit rendu coupable,
Qui ne me fut donné que pour n'estre rauy,
Ie le perdis helas! d'abord que ie le vy.

LIVIE.

LIVIE

Rome n'a iamais sçeu cette estrange aduanture,
Mais enfin que fit-on?

IVLIE

                    Le sang & la nature,
Combatirent long-temps les sentimens ialoux,
Et la brutalité de mon cruel espoux,
Il vouloit que mon fils mourut en sa naissance,
Mes soupirs & mes pleurs luy firent resistance,
Il combat, ie l'emporte à la faueur des Dieux,
Mais d'abord par son ordre on l'osta de mes yeux.

LIVIE

Ne l'auez-vous point veu depuis?

IVLIE

                        Ah! non, Liuie,
Ny mesme en cét endroit tesmoigné mon enuie,
Lepide deffendit qu'on en parlât iamais,
Et la chose se fit au gré de ses souhaits :
Ce miserable enfant ignorant sa naissance,
Par vn homme incognu fut porté iusqu'en France.

LIVIE

Mais apres que Lepide eut suby le trépas,
Le fites-vous chercher?

IVLIE.

Non, car ie n'osay pas.
Deux puissantes raisons en destournoient mon ame,
Le trouuant l'aduouant, ie me rendois infame,
Car mon accouchement auoit esté secret,
Et ne le trouuant pas i'augmentois mon regret,
Par cette histoire estrange autant qu'infortunée,
Iuge, si ie doy craindre vn second Hymenée,
Et si ie puis iamais attendre que du mal,
Si ie reprens vn ioug qui me fut si fatal.

SCENE V.

CORNELIE, IVLIE, LIVIE.

CORNELIE.

Madame, Sinderic est là bas à la porte,
Qui demande à vous voir,

IVLIE.

Attendez que ie sorte,
Ie doy bien cét honneur au fauory du Roy.

LIVIE.

Que ie plains son mal-heur! dieux à ce que ie voy,
Ce n'est pas sans raison qu'elle craint sa fortune!

SCENE VI
SINDERIC, IVLIE.

SINDERIC.

Madame chassez-moy si ie vous importune,
Ie n'ay pas faict dessain.

IVLIE.

Monsieur, sans compliment,
Vostre ciuilité m'oblige infiniment.

SINDERIC.

Cependant que le Roy contemple dans la ville
Les funestes effects de la guerre ciuille,
Sur ces beaux monumens qui marquoient autresfois,
Et la grandeur de Rome, & l'orgueil de ses Roys;
Laissant ces raretez par le temps consumées,
Ie vien pour admirer des beautez animées,
Pourquoy rougissez vous quand ie veux vous loüer?
Auez-vous faict dessain de me desaduoüer?

IVLIE.

Puis-ie ne pas rougir, & voir que l'on me loüe?
Finissez ce discours, où ie vous desaduoüe.

SINDERIC.

Quand vous me menacez de me desaduoüer,
Vous me representez ce que i'ay veu ioüer;
C'est un subiect nouueau fort extraordinaire,
Et dont les incidens sont capables de plaire,
Les Acteurs chez le Roy l'ont assez bien ioüé.

IVLIE.

On le nomme Monsieur.

SINDERIC.

Le fils desaduoüé.

IVLIE.

Ce nom promet beaucoup.

SINDERIC.

Vous plaist-il que i'en fasse
Vn recit abregé?

IVLIE.

Faites moy cette grace.

SINDERIC.

Ainsi ceux qui n'ont pas l'esprit assez present,
Pour fournir le suject d'vn entretien plaisant,

Contraints par bien-seance à dire quelque chose,
Recitent quelques vers, debitent quelque prose,
Veulent se faire croire en nommant leurs autheurs,
Et pour tuër le temps tuent leurs auditeurs :
Quelques autres plus fins, mais pourtant plus mo-
   destes,
Accommodent au temps l'histoire de leurs gestes,
Et soubs quelque beau nom d'vn heros de Romant
Découurent leur amour sans découurir l'amant.
I'imite les premiers ; mais dans cette auanture
L'amour ne paroist point, ce n'est que la nature
Qui tasche par addresse à se faire escouter,
Et qui cache son nom pour se manifester.

IVLIE.

Suffit qu'en cét endroit ie sçay ce qu'il faut croire,
Mais ie brusle desja d'aprendre cette histoire.

SINDERIC.

Vn senateur Romain par ie ne sçay quel sort,
Veut de son fils naissant precipiter la mort,
Mais les tristes regrets d'vne dolente mere
Font moderer enfin vn arrest si seuere,
Ce miserable fils est pourtant bien puny,
Il n'est pas plutost né que le voila banny.

IVLIE.

O dieux! qu'ay-ie entendu? Mais sçauray-ie le reste?

SINDERIC.

Ah! ce n'est pas encor l'endroit le plus funeste!

IVLIE.

Ie m'interesse presque en son mauuais destin;
Dans le bannissement rencontra-t'il sa fin?

SINDERIC.

Son trepas luy plairoit pourueu qu'en sa misere
Il cognut sa maison aux larmes de sa mere;
Il ne mourut donc point, mais pour chercher la mort
Il s'exposa cent fois à la mercy du sort.
A peine a-t'il quinze ans qu'il demande des armes,
Pour cercher le trepas au milieu des allarmes,
Qu'on le voit le premier au plus fort des hazards,
Brauer insolemment les outrages de Mars:
Mais comme en ces endroits le mespris de la vie,
Empesche bien souuent qu'elle nous soit rauie,
Au lieu de son trepas il y trouue l'honnêr,
Et s'il se cognoissoit il a trop de bon-heur,
Le plus grand des mortels estime sa vaillance.

IVLIE.

Où fit-il ces progrés?

SINDERIC.

Au Royaume de France,

Soubs Clouis les premiers, apres soubs Alaric,
Et depuis soubs Zenon, & soubs Theodoric.

IVLIE.

Cette histoire est du temps.

SINDERIC.

Auiourd'huy dans les fables
On mesle bien souuent des succez veritables,
Ainsi les passions s'esmouuent beaucoup mieux,

IVLIE.

Vous en voyez l'effect, voyant pleurer mes yeux,
Enfin que deuint-il?

SINDERIC.

Il fut conduit à Rome,
Où quelque bon destin le mena chez vn homme,
Qui l'auoit secouru dans son bannissement,
Qui luy dict que son pere estoit au monument,
Que sa mere viuoit.

IVLIE.

Ah! Dieu!

SINDERIC.

Le teint vous change,

IVLIE.

Ce dernier accident me paroiſt bien eſtrange!

SINDERIC.

Là s'ouure le theatre, où le Roy ſe faiƈt voir,
Ce cheualier luy dit ce qu'il vient de ſçauoir,
Le Roy le faiƈt reſoudre à parler à ſa mere,
Voicy ce qui le choque, & qui le deſeſpere,
On luy dit que l'Epide.

IVLIE.

Ah! Dieu qu'ay-ie entendu!

SINDERIC.

N'auoit point eu d'enfant loin d'en auoir perdu.
Iugez de ſon regret apres cette nouuelle,
Il appella cent fois la fortune cruelle,
Il voulut par ſa mort s'exempter de ſa loy,
Mais il ſe conſerua pour l'amour de ſon Roy.

IVLIE.

Monſieur en cét endroit pardonneZ ma foibleſſe,
Vous faiƈtes ce diſcours auecques tant d'adreſſe,
Qu'il faut que par des pleurs i'exprime ma douleur.

SINDERIC.

Vous alleZ voir icy ſa gloire, ou ſon malheur,

Il se resout enfin d'aller trouuer sa mere,
Mais que luy dira-t'il, & qu'est-ce qu'il peut faire?
Il est dans sa maison, il luy parle, il la voit,
Son sang en s'emouuant luy dit qu'il la cognoist,
Dessoubs le nom d'vn autre il dit son auanture,
Il esmeut la pitié pour toucher la nature,
Son dessein reußit, sa mere fond en pleurs,
Il va se descouurir ainsi que ses mal-heurs,
Mais la crainte l'arreste, enfin il s'y dispose,
L'occasion est belle, & son sang veut qu'il ose.
Ah! ma mere, dit-il, si ce nom m'est permis
Descouurez vous les yeux, & voyez vostre fils.

IVLIE.

Ah! mon fils.

SINDERIC.

Ah! ma mere.

IVLIE.

Ah! surprise agreable,
Quoy Sinderic est donc cét enfant miserable,
Que mes pleurs ont sauué d'vn iniuste trespas.

SINDERIC.

Ma mere, vostre cœur ne vous le dit-il pas?
Et se pourroit il bien, que ceux qui m'ont faict naistre
Dans l'estat où ie suis peussent me mecognoistre?

IVLIE.

Mes yeux vous regardans dans tout ce qui se voit,
Ne vous cognoisset point, mais mõ sãg vous cognoist,
Oüy, ie vous voy, mon fils, par ces yeux inuisibles,
Qui ne mentent iamais, & qui sont si sensibles.
Oüy, vous estes mon fils.

SINDERIC.

Ah! ce m'est trop d'honneur,
Ie vole chez le Roy, luy dire mon bon-heur,
Pardonnez ce d'espart à mon impatience.

IVLIE.

Vous, ne m'affligez pas par vne longue absence,
Reuenez à l'instant pour resiouir mes yeux,
Par vn objeƈt si cher & si delicieux?
Ah! charmante faueur qui viens de me surprendre!
Ah! bon-heur infiny t'euſſay-ie oſé pretendre!
Mais d'où vient que mon cœur dans cét euénemẽt,
Sent mesler la tristeſſe à son contentement?
N'ay-ie pas veu mon fils, & peut-on voir vn hõme
Plus digne de sa race, & de l'honneur de Rome?
Oüy, Mais en l'aduouant ie hazarde en ce iour,
Auecques mon honneur, l'obieƈt de mon amour.
Puis-ie m'imaginer que Rome veuille croire
Ce que l'Epide a faiƈt dans cette estrange histoire?

Ou bien qu'en le croyant on ne soubçonne auſſi,
Qu'il euſt quelque raiſon de me traicter ainſi?
Et Maxime ſçachant qu'il me creut vn infame,
Peut-il apparamment me conſeruer ſa flame?
Nature, vos efforts m'ont priſe en trahiſon,
Qui peut en cét eſtat eſcouter la raiſon?
Ie voy deuant mes yeux vn fils couuert de larmes,
Auant que de paraiſtre il m'arrache les armes,
Le lieu, l'occaſion, l'authorité du Roy,
La gloire de mon fils, tout s'arme contre moy.
Helas! que puis-ie faire en cette conionɗure?
I'ay deu, i'ay deu, ſans doute eſcouter la nature,
Ie ne m'accuſe point, mais ie veux à leur tour,
Eſcouter les conſeils & d'honneur, & d'amour,
Que doy-ie faire honneur? Que feray-ie Maxime?
Quoy doy-ie corriger mon erreur par vn crime?
Et pour vous teſmoigner combien ie vous cheris,
Doy-ie trahir mon ſang? doy-ie perdre mon fils?
Mais vous trahir honneur! mais vous perdre Ma-
xime.
Le puis-ie conceuoir ſans faire vn plus grand crime,
Nature taiſez-vous, le conſeil en eſt pris,
Ie veux reſolument deſauouer mon fils.

Fin du deuxieſme Acte.

ACTE III.

SCENE PREMIERE.

MAXIME, HORACE.

MAXIME.

 H dieux ie suis trahy! quoy volage, Iulie,
Est-ce ainsi qu'on me traicte? est-ce ainsi
qu'on m'oublie?
Sinderic, dans vos bras!

HORACE.

Vous vous estes deçeu.

MAXIME.

Ah! ne m'en parle point, ie ne l'ay que trop veu.
Mais lasche que ie suis que faisoit mon courage,
Lors que deuant mes yeux ie souffrois cét outrage?
Pourquoy ne pas montrer l'excez de ma fureur,
Dedans le mesme instant qu'on m'arrachoit le cœur.
Helas! à cét obiect vne surprise extréme,
Plutost que d'eulx m'a faict deffier de moy-mesme,

Ouy i'ay craint de faillir, & mes yeux estonnez
Ont creu voir vn fantosme,& s'en sont destournez.
Mais c'est par cette ingratte,& non pas par ma veuë
Que dans cét accident mon ame estoit déceuë,
Ie l'ay veuë, & d'abord i'ay quitté sa maison.
Ie ne sçay pas comment ny par quelle raison,
I'en suis au désespoir, la fureur me surmonte,
Ie deuois tout oser pour effacer ma honte,
L'amour m'eust excusé, i'eusse esté satisfaict,
Mais qu'est-ce que i'ay veu? mais qu'est-ce que i'ay
        faict ?
I'ay veu cette infidelle entre les bras d'vne autre,
Dispenser vn bon-heur qu'amour auoit faict nostre,
Et par vn mouuement contraire à mes desirs,
I'ay fuy, comme craignant de troubler leurs plaisirs.
Que doy-ie faire, Horace, apres cette imprudence?
Mon amour offensé m'inspire la vengance,
Il veut qu'à mon honneur i'immole Sinderic.

HORACE.

Mais dedans ce dessain craignez Theodoric,
Il l'aime tendrement.

MAXIME.

                    Que dites vous Horace?
L'aduis que vous donnez est de mauuaise grace,
Fut-il comme du Roy le fauory des Dieux,
S'il m'a fait cét affront il doit m'estre odieux,

Et quand tout l'Vniuers viendroit à sa deffence,
Il ne peut esuiter desprouuer ma vengeance.

HORACE

Auant que d'en venir à cette extrémité,
Donnez à vos soubçons encor plus de clarté,
Iulie pourroit bien comme elle est fort adréte
Auoir sur ce subject quelque raison secrete,
Qui vous satisferoit, vous le deuez sçauoir.

MAXIME.

Mais puis-ie apres cela me resoudre à la voir!

HORACE.

Vous le deuez.

MAXIME.

Et bien mon esprit si dispose,
Mais Dieux que ma fortune est vne estrange chose!
Que difficillement ie puis me contenter,
Ie tache à m'esclaircir lors que ie veux doubter!

SCENE II

LIVIE, IVLIE.

IVLIE.

Maxime nous à veus, que dittes vous Liuie?
Ah! ce dernier malheur me va couster la vie?
Nous a-t'il escoutez?

LIVIE.

Il est sorty d'abord.

IVLIE.

Que par leur peu de soin mes gens m'ont faict de tort,
Consolez-mon mal-heur au moins par le silence.

LIVIE.

I'estime trop l'honneur de vostre confidence,
Pour la trahir iamais ; i'aymeroy-mieux mourir.

IVLIE.

Helas dans ce desordre ou puis-ie recourir?
Si pour me deliurer des soubçons de Maxime
Ie d'y que Sinderic est mon fils : quel abysme!

Ie defcouure vn fecret mortel à mon bon-heur,
Qui choquera Maxime, & me perdra d'honneur.
Si ie reiette auffi la voix de la nature,
Quel fera mon deftin dedans cette aduanture ?
Si chez-moy Sinderic paffe pour eftranger,
Helas ! ne fuis-ie pas en vn pareil danger ?
Que dira mon amant, quand pour fauuer ma gloire
De ce fils incogneu ie luy feray l'hiftoire ?
Pourray-ie l'appaifer auec cét entretien ?
Que ne dira-t'il point fi ie ne luy dy rien ?
Dures extremitez, enfin que doy-ie faire
Dans ces deux qualitez, & d'amante & de mere ?
Mon honneur eft taché, mon renom obfcurcy,
Defaduouant mon fils, & l'aduouant auffi.

LIVIE.

Maxime vient Madamé,

IVLIE.

Ah comble de mifere !
Helas que doy-ie dire ? helas que doy-ie taire ?

LIVIE.

Cachez voftre douleur, laiffez le refte au fort.

SCENE

SCENE III

MAXIME, IVLIE, LIVIE.

MAXIME.

Madame ſauuez-moy.

IVLIE.

Mais quel eſt-ce tranſport?

MAXIME.

Helas! ie ſuis perdu, l'on cerche ma ruine,
Le Roy veut mon trépas, le peuple ſe mutine.

IVLIE.

Monſieur que dites vous?

MAXIME.

Madame ſauuez-moy.
I'ay tué par mal-heur le fauory du Roy.

IVLIE.

Le fauory du Roy!

MAXIME.

Sinderic!

IVLIE.

Ah! ie pasme!

MAXIME.

Non,non,il n'est pas mort,appaisez vous Madame,
Mais confessez aussi qu'en cét euenement,
Ie puis estre asseuré de vostre changement.
Ie ne vous blasme point d'vne faute commune,
Vous suiuez la coustume en suiuant la fortune,
Sinderic est si grand qu'il peut tout excuser,
Et ce sont mes deffauts que ie dois accuser.

IVLIE.

Que vous estes cruel dedans cette pensée
Et combien mon amour en est elle offencée!
Quoy vous me soubçonnez d'auoir manqué de foy?

MAXIME.

Quoy pourray-ie douter des choses que ie voy?

IVLIE.

Ah! que vous iugez mal de mon deüil legitime!
Vn excez d'amitié vous paroist donc vn crime!

Quoy pouuoy-ie vous voir dans vn si grãd mal-heur,
Et ne pas tesmoigner quelle estoit ma douleur,
Ce meurtre vous ostoit tout espoir de refuge,
Vous auiez vn grand Roy pour partie, & pour Iuge,
Ie vous consideroit en estat de perir,
Et vous trouuez mauuais que ie veuille mourir!
Mais dittes moy comment, & par quelle apparence,
Ay-ie obligé Maxime à cette deffiance?
D'où vient que vostre esprit est si mal satisfait?
Dequoy m'accusez vous, qu'ay-ie dit! qu'ay-ie fait?
Ah! si vous pouuiez voir au profond de mon ame,
Ce que ie fay pour vous en faueur de ma flame,
Ou que ie peusse dire auecques liberté,
L'excez prodigieux de ma fidelité;
M'a deffence sans doute y paroissant aisée,
Vous vous accuseriez de m'auoir accusée.

MAXIME.

Ie le fay dés cette heure, & confesse auec vous,
Que i'ay mauuaise grace à faire le ialoux.
Ouy c'est auec raison que vostre ame s'irrite,
Me donnãt vostre amour par grace, & sans merite,
Si ce bien fut l'effect de vos seulles bontez,
I'ay tort de murmurer lors que vous me l'ostez.
Mais quoy? dedans l'instant d'vne perte si grande,
Il est bien mal aisé qu'vn esprit se commande,
Il me sembloit d'abord que cét extréme bien
M'ayant esté donné ne pouuoit qu'estre mien,

Puis en me l'arrachant on m'arrachoit la vie.

IVLIE.

Ah ! iugez mieux de vous, iugez mieux de Iulie,
Ne la soubçonnez point d'auoir manqué de foy,
Cete crainte est indigne, & de vous, & de moy.

MAXIME.

Auant que me resoudre à vous porter ma plainte,
Mes sens en certitude ont conuerty ma crainte,
Mes soupçons.

IVLIE

Ont faict tort à vostre iugement.

MAXIME.

Mes yeux,

IVLIE.

Vous ont trompé, n'en doubtez nullement.

MAXIME.

Et quoy n'ay-ie pas veu? mais dieux le puis-ie dire!
Et voir qu'en mesme temps ; ie parle, ie respire,
Ah ! lasche que ie suis !

IVLIE.

Que dittes vous bons dieux !

Croiray-ie mon amour?

MAXIME.

Croiray-ie point mes yeux?

IVLIE.

Douter d'vne amitié tant de fois recognuë!
Douter de ma vertu!

MAXIME.

Mais douter de ma veuë!

IVLIE.

Ah! Maxime agissez auec plus de raison;
Cessez de soupçonner mon cœur de trahison,
Si iamais Sinderic m'a peu rendre capable
D'aucun des sentimens dont on me croit coupable,
Et si ie ne craindrois dans vn crime pareil,
De voir cacher d'horreur la face du Soleil;
Ie veux qu'à l'aduenir pour comble de ma peine
A vos ialoux soupçons succede vostre haine,
I'estime sa vertu, ie l'ayme tendrement,
Mais plutost comme vn fils que comme mon amāt,
Et cette affection esloigne ma pensée,
Des vœux dont vostre amour pourroit estre offencée,
Ie vous le dis encor, l'amour que i'ay pour luy
Vous doit contre luy-mesme assurer aujourd'huy.

MAXIME.

Mon esprit ne prend point le sens de ce mystere.

IVLIE.

Ce n'est pas vn secret que ie veuille vous taire.
Vous sçauez le credit qu'il a dans cét estat,
Ce qu'il peut à la Cour, ce qu'il peut au Senat,
Qu'il dispose à son gré des dignittez publiques.
Et que ses moindres dons sont grands & manifiques.
Ie veux que sa faueür vous serue aupres du Roy
Pour obtenir bien-tost quelque honorable employ;
Et ie ne l'ayme enfin qu'à cause qu'il vous ayme.

MAXIME.

Ah! pardonnez Madame à mon erreur extréme!
Ie crains, mais mon amour estant au dernier point
Et pour vn si grand bien puis-ie ne craindre point?
Ie ne crains pas pourtant qu'au mespris de ma flâme,
Vn riual quoy que grand me chasse de vostre ame;
Mais sçichant son merite, & le peu que ie vaux,
Ie crains que ses vertus découurent mes deffauts,
Que par vn sentiment cruel, mais legitime,
Vostre amour diminuë auecques vostre estime,
Et que ie sois priué de ce plaisir Charmant,
Qu'vn extréme amitié peut donner seulement.

IVLIE.

Vous vous cognoissez trop pour auoir cette crainte,
Chassez donc les soubçons dôt vostre ame est atteinte,
Et croyez que Iulie ayme comme elle doit,
Et quelle vous estime, & quelle vous cognoist.

MAXIME.

Ie prens donc congé d'elle auec cette assurance.

IVLIE.

Vous verrez des effets de sa perseuerance.

MAXIME.

C'est vn bien ou mes vœux n'osent presque aspirer,
Et ie parts trop contant quand ie puis l'esperer.
Helas! ie m'en dedis, mon esperance est morte
Et ie cours mal-heureux ou la fureur m'emporte.

Maxime
dit ces
deux
vers en
se retirãt.

SCENE IV.
IVLIE, LIVIE.

IVLIE.

ET bien, chere Liuie, en ce facheux combat,
N'as tu pas bien souuant déploré mon estat,

Voy-tu rien de pareil au mal qui me surmonte?
Mais que feray-ie enfin pour esuiter ma honte?
Suiuray-ie le conseil que l'amour m'a donné?
Ah! déplorable mere! ah fils infortuné!
Faut-il qu'en cruauté ie surpasse ton pere!
Ou bien qu'en t'aduoüant tu causes ma misere!
Ne me fus-tu donné que pour me diffamer?
Et que pour me rauir ceux qui veulent m'aymer:
L'amour de mon espoux mourut à ta naissance,
Il fallut pour luy plaire approuuer ton absence,
Auiourd'huy ton retour trauaille puissamment
A faire aussi mourir l'amour de mon amant,
Et l'vnique remede à ce mal-heur extréme,
Est sans comparaison pire que le mal mesme:
Il faut que ie te perde vne seconde fois,
C'est-ce que ie ne puis, & c'est-ce que ie dois!

LIVIE.

Mais le voicy Madame.

SCENE V

SINDERIC, IVLIE.

IVLIE.

AH dieux que doy-ie faire?

Esuitons

Eſuitons ſa rencontre.

SINDERIC.

Où fuyez vous ma mere?
Ie ne veux point ce nom, & ie ne l'eus iamais,
Honnorez en quelqu'autre, & me laiſſez en paix. *Iulie ſe retire)*

SCENE VI.
SINDERIC.

Dieu que vien-ie de voir! Dieu que vien-ie
d'apprendre!
Quoy ma mere me fuit, & ne veut pas m'entendre;
Ie ne veux point ce nom, & ie ne l'eus iamais,
Honnorez en quelqu'autre, & me laiſſez en paix.
Quoy vous refuſez donc ce beau tiltre de mere,
Pour ne pas m'accorder le bon-heur que i'eſpere?
Ah! ne vous flattez point, la nature & le Roy
S'armeront en ce iour contre vous, & pour moy,
Et i'ay droict d'eſperer qu'auec leur aſſiſtance
Ie pourray mal-gré vous découvrir ma naiſſance.
Deteſtable intereſt, Monſtre aueugle & brutal,
Qui pour l'amour du bien ſuggeres tant de mal,
C'eſt de toy ſeulement que mon mal-heur procede,
La nature, l'honneur, le deuoir, tout te cede.

G

Indomptable vertu qui conduis la valleur
Dans les plus grands perils où regne le mal-heur,
Toy qui m'as arraché cent fois des mains des parques,
Pour me faire estimer du plus grand des Monarques,
Pour me mettre en son trosne un peu plus bas que luy,
Faut-il que l'interest te surmonte aujourd'huy !
Mais encor l'interest soubs l'habit d'vne femme.
Ah ! non non, ma vertu, ne souffrons point ce blâme,
Va te plaindre à ton Roy de ce lasche attentat.
Interesse sa gloire, & le bien de l'estat,
Fay-toy, fay-toy cognoistre à toute l'Italie,
Et vange désormais le mespris de Iulie.
Mais où vont les discours de mes vœux imparfaicts ?
Vange-t'on des forfaicts, par les mesmes forfaicts
Et parce que ma mere en cette procedure
Se porte à mespriser les droicts de la nature,
Est-elle moins ma mere ? & puis-ie estant son fils,
Sans imiter son crime, imiter son mespris ?
Non, non, n'escoutons point la voix de la vangeance,
Qui ne sçauroit punir sans commettre vne offence,
Disposons nous plutost à souffrir constamment
Vn mespris que le temps vaincra facilement,
Et pour haster l'effect de ce bon-heur extréme,
Employons l'interest contre l'interest mesme,
Protestons hautement que de nostre maison,
Nous ne desirons rien que la gloire & le nom,
Passons mesmes plus outre en suite des promesses,
Pour acquerir ce bien dispensons nos richesses,

I'auray tousiours assez, quand i'auray du bon-heur,
Et l'on ne peut iamais trop achepter l'honneur.

SCENE VII.
MAXIME, SINDERIC.

SINDERIC.

MAis que cherche Maxime au logis de Iulie?

MAXIME.

Quoy ie voy Sinderic dans la melancolie,
Et sa haute faueur ne l'en exempte pas.

SINDERIC.

Cette haute faueur dont on faict tant de cas,
Est souuent vn obstacle aux plaisirs de la vie.

MAXIME.

Elle a bien des apas dans l'esprit de Iulie.

SINDERIC.

Mais pour quelle raison m'en parlez-vous ainsi?

MAXIME.

C'eſt par-ce ſeulement que ie vous trouue icy.
Mais quoy vous laiſſer ſeul dans cette ſalle baſſe.
Cette inciuilité n'eſt pas de bonne grace,
Et ſans doute vos gens n'ont pas dit voſtre nom.

SINDERIC.

On me traicte ceans en fils de la maiſon,
Mais Iulie pourtant, quoy que ie puiſſe faire,
Ne veut point accepter le tiltre de ma mere.

MAXIME.

Cette alliance auſſi n'a rien de ces douceurs,
Dont le diſcours ſe ſert pour l'vnion des cœurs,
Elle imprime d'abord ie ne ſçay quoy d'auſtere
Qui ne conuient pas bien a l'amoureux myſtere:
Quand on traicte de mere vne dame qu'on ſert,
On luy faict de ſon aage vn reproche couuert:
Cette alliance enfin n'eſt pas fort obligeante,
Vous pouuiez en choiſir quelqu'autre plus galante,
Et vos deſſeins peut-eſtre euſſent mieux reüſſi.

SINDERIC.

Vous auez voſtre but, & i'ay le mien auſſi.
Suffit que i'ay raiſon en ce que ie projette,
Et que Iulie a tort lors qu'elle me rejette,

MAXIME.

Ainsi souuent les grands dedans leur passion
Se laissent aueugler à la presomption;
Ils pensent que l'amour, les soins & les caresses,
Sont autant de tributs qu'on doit à leurs richesses,
Que pour gaigner vn cœur il ne faut seulement,
Que rendre vne visite, ou faire vn compliment.
Cependāt vous voyez comme on vit dedans Rome,
Vn seigneur est traicté de mesme qu'vn autre hom-
    me.
Et quelque vanité qui flatte ses esprits,
Il est souuent reduict à souffrir des mespris.

SINDERIC.

Quoy que vous en disiez, ie pense qu'en vostre âge
Vous auez bien souuent ioué ce personnage:
Pour moy ie ne crains point que l'on me traicte ainsi.

MAXIME.

Vous voyez bien pourtant que ie vous trouue icy.
Mais vous estes modeste autant qu'on le peut estre,
Vous vous plaignez d'vn cœur dont vous estes le
    maistre,
Et feignez que Iulie a des rigueurs pour vous
Lors que vous esprouuez ses traictemens plus doux.

SINDERIC.

Que Iulie à mes vœux soit propice ou contraire,
I'iray iusques au bout, rien ne m'en peut distraire.

MAXIME.

Souuent le trop d'ardeur nuit à nostre dessein.

SINDERIC

Iamais les gens d'honneur ne trauaillent en vain.

MAXIME.

On se perd tous les iours par trop de confiance.

SINDERIC.

On vient à bout de tout par la perseuerance.

MAXIME.

Mais par elle souuent on deuient importun.

SINDERIC.

Ce n'est que le destin des hommes du commun.
En vn mot mon dessein est d'obliger Iulie,
A m'accorder bien-tost ce qu'elle me desnie.

MAXIME.

Cest entreprise est grande.

SINDERIC.

Elle est de mon deuoir.

MAXIME.

Iulie a bien du cœur.

SINDERIC.

I'ay beaucoup de pouuoir.

MAXIME.

Il est bien mal-aisé de contraindre vne femme.

SINDERIC.

Iulie ne sçauroit me resister sans blasme.

MAXIME.

Nous viuons dedans Rome auecques liberté.

SINDERIC.

Nous viuons dedans Rome où regne l'equité.

MAXIME.

Mais vostre nation n'en sçait pas l'exercice,
Et l'on voit rarement qu'vn Goth rende iustice.

SINDERIC.

Ce que Theodoric pratique tous les iours,
Montre la fausseté de ce lasche discours.
Ah! Maxime c'est trop, ce reproche m'outrage,
Taisez vous ie vous prie, ou changez de langage
Autrement.

MAXIME.

Est-ce icy que vous me menacez?
Ah sortons.

SINDERIC.

Mais sans bruit.

MAXIME.

Mais viste,

SINDERIC.

C'est assez,
Ie vous satisferay, n'en soyez point en peine,
Il ne faut que passer dans la place prochaine.

Fin du troisiesme Acte.

ACTE IV.

SCENE PREMIERE

IVLIE, & LIVIE.

IVLIE.

Ve dites vous Liuie?

LIVIE.

On me l'a dit ainsi.

IVLIE.

Qu'ils se sont querellez, lors qu'ils sortoient d'icy!
Mon fils & mon amant! Sinderic & Maxime!
Tout ce que i'aymè au monde, & tout ce que i'estime!
Ah! que vous auez tort, vous deuiez m'ad-
* uertir*
Au mal-heureux moment qu'on les a veu sortir.
Viste qu'on se dépesche, allez dire à Camille,
A Daue, à tous mes gens, qu'ils aillent à la ville
Semer chez leurs amis vn si funeste bruit.

LIVIE.

Madame ils sont aprés.

IVLIE.

   Mais peut estre sans fruict.
Ah! mal-heureuse amante! Ah mal-heureuse mere!
Amour, honneur, nature, helas que doy-ie faire?
Nature en vous nommant ie vous sens dans mon
  sein,
Vous parlez pour mon fils, vous luy prestez la main,
Vous voulez par vos vœux auancer sa victoire.
Sçauez-vous à quel prix vous demandez sa gloire?
Et vous souuenez-vous qu'en ce ressentiment
Si i'assiste mon fils ie trahis mon amant?
Ah! plutost escoutons vn amour legitime,
Tournons, tournons nos vœux du costé de Maxime,
Souhaitons que son bras triomphe de mon fils;
Helas doy-ie achepter vn amant à ce pris!
Mais que dis-ie achepter! Ah dieux pourroy-ie croire
Que ie le peusse voir apres cette victoire?
Et ne pensay-ie pas qu'en cét éuénement,
Si ie perdois mon fils ie perdrois mon amant?
Quoy mon fils! quoy mon sang! ie pourroy me resou-
  dre,
A voir tomber sur vous cette mortelle foudre!
Et la nature esmeuë à ce funeste object,
Ne sçauroit destourner le cours de ce project.

Non, non, c'est trop long-temps obeyr à ma flamme,
Des sentimens plus beaux reuiennent dans mon ame.
Dieux conseruez mon fils, c'est mon vnique espoir,
Et faites que bien-tost ie le puisse reuoir!
Mais pourray-ie le voir teint du sang de Maxime?
Ah! ie trouue vn abisme au fonds d'vn autre abisme!
Ie ne sçay plus pour qui ie doy faire des vœux,
Ciel faictes moy mourir, ou les sauuez tous deux.

LIVIE.

Appaisez vous Madame.

IVLIE.

        Helas le puis-ie faire!
Qui pourroit s'appaiser dans vn sort si contraire,
Dont les éuénemens esgalement fascheux,
S'opposeront tousiours à l'effect de mes vœux?

LIVIE.

Si Maxime pourtant emporte la victoire,
La mort de Sinderic asseure vostre gloire,
Et l'honneur ce tresor qui fut tousiours sans pris,
N'est pas trop achepté par la perte d'vn fils.
Mais encore d'vn fils qui peut ne le pas estre;
Car comment croyez vous l'auoir peu recognoi-
    stre,
Par le seul mouuement d'vne tendre amitié?
C'est ainsi que du sang l'effect de la pitié,

De l'inclination, & de mille autres choses,
Qui se font admirer dedans l'ordre des choses.

IVLIE.

Outre l'esmotion qui se fit dans mon sein,
Ie recogneus mon fils aux marques de sa main,
Marques que i'obseruay le iour de sa naissance,
Pour seruir de moyen à sa recognoissance,
Que ie regarday lors comme de clairs flambeaux,
Qui pourroient quelque iour rendre mes iours plus
   beaux,
Mais qui sont deuenus des Comettes funeste,
Et de mon deshonneur les signes manifestes,
Ce n'est pas tout, Liuie, helas! ie vis encor
Au doigt de Sinderic la mesme bague d'or
Que ie donnay iadis pour toute recompence
A celuy qui seruit à le conduire en France:
Sinderic est mon fils, ie n'en sçauroy douter;
Liuie en c'est endroit ie ne puis t'escouter.

LIVIE.

Mais vostre desadueu?

IVLIE.

                    Tay toy, chere Liuie,
Ne me reproche point le mal-heur de ma vie,
Ie l'ay desaduoüé pour sauuer mon renom,
Il s'agissoit alors seulement de son nom.

Ma bouche sans contrainte a démenty mon ame,
Et i'ay creu moins faillir qu'en trahissant ma flame,
Mais il ne s'agit plus ny de nom ny de rang,
Il s'agist de sa mort, il s'agist de son sang,
De son sang, de mon sang, vnis par la nature,
Et qu'on ne peut trahir en pareille aduanture,
Ah! ie ne doy plus feindre!

LIVIE.

Helas! quel sentiment.
Faut-il donc l'aduoüer & perdre vostre amant?

IVLIE.

L'aduoüer mon honneur, le pourroy-ie sans blasme,
Vous perdre mon amant, le pourrions nous ma flame?
Desaduoüer mon fils! helas par quelle loy
Doy-ie priuer mon sang de ce que ie luy doy?
Ah nature pardon, ie vous fays vn outrage,
Quand i'ose balancer si ie vous dois hommage,
Dans ce moment fatal mon fils est mon soucy,
Ie luy doy tous mes vœux, & les luy donne aussi,
Iuste Ciel accordez Sinderic, & Maxime,
Faites que leur debat s'appaise sans victime,
Que sans venir aux mains ils demeurent amis,
Et ne me priuez point ny d'amant ny de fils.
C'est mon premier souhait, mais si la destinée
Veut du sang de l'vn d'eux marquer cette iournée,

Si ie suis reseruée à ce sort rigoureux,
Le salut de mon fils est tout ce que ie veux.
Apres il faut mourir.

SCENE II.

HORACE, IVLIE, & LIVIE,

IVLIE.

Ais que nous veut Horace?
Que dit on chez le Roy? dieux tout
mon sang se glace!
Il ne nous respond rien, & paroist interdict.

HORACE.

Il s'est faict vn combat.

IVLIE.

Ah! ie l'auoy bien dit.
Mais le succez?

HORACE.

Maxime.

IVLIE.

Ah! dieux suis-ie trompée!

HORACE.

En est sorty blessé de deux grands coups d'espée.

IVLIE.

Ces coups sont-ils mortels.

HORACE.

Il n'est blessé qu'au bras?
Mais ces coups bien souuent ont causé le trespas.
Cependant Sinderic enflé de vaine gloire,
Croit n'auoir rien à craindre apres cette victoire,
Mais quelque grand qu'il soit, il sçaura dans ce iour
Que l'heur & le mal-heur se suiuent tour à tour,
Il faut, il faut qu'il meure, ou bien que ie perisse.

IVLIE.

Plutost voyez le Roy, demandez luy iustice,
Ne vous exposez point, ne precipitez rien,
Theodoric est iuste, il vous vengera bien.

HORACE.

Dieux qu'est-ce que i'entens!

IVLIE.

Que dites vous horace?

HORACE.

Que ceste preuoyance est de mauuaise grace,

Maxime est mon amy, Maxime est vostre amant,
Et vous vous opposez à mon ressentiment
Vous m'empeschez d'aller ou la gloire me porte,
Iulie, est-ce vous mesme ? ayme t'on de la sorte ?

IVLIE.

Ie ne sçaurois souffrir de vous voir en danger,
De vous perdre vous mesme en voulant nous vager,
Horace croyez-moy, réglez vostre colere,
Retournez chez Maxime, & me regardez faire,
Ie vay donner vn coup fatal à Sinderic,
Qui le perdra d'honneur pres de Theodoric,
Et qui vous vengera, n'en soyez point en peine,
Qu'on me laisse en repos dans la chambre prochaine.

Elle se retire.

HORACE.

Auec quels sentimens ceste ingrate beauté
Voit elle les transports dont ie suis agité ?
Auec quelle froideur, & quelle indifference
Vient elle d'escouter la voix de ma vengeance ?
Au lieu de m'animer à seruir son amant,
Sa bouche me refuse vn adueu seulement,
Et par vn faux secours que son esprit suppose
Elle veut ruiner celuy que ie propose :
Ah ! perfide Iulie, ame ingrate & sans foy,
Indigne de l'ardeur que Maxime a pour toy,
Non, non, ie ne sçaurois dissimuler ton crime,
Ie m'en vay de ce pas en aduertir Maxime.

SCENE

SCENE III
SINDERIC, EMILE.
SINDERIC.

IVlie ayme Maxime ! helas que dites vous ?

EMILE.

Ouy, mais c'est à dessein d'en faire son espoux,

SINDERIC.

Celuy que i'ay blessé, ce Cheualier.

EMILE.

Luy-mesme.

SINDERIC.

Que dans cest accident mon mal-heur est extréme!
Helas ! si i'eusse sçeu qu'elle eut eu ce dessein,
Iamais pour ce combat ie n'eusse armé ma main,
Ie sçay trop le respect que ie dois à ma mere.
Ah ! rencontre fascheuse, & qui me desespere,

Au lieu de l'obliger à force de bien faicts,
A m'accorder enfin l'effect de mes souhaits,
Ie choque par mal-heur les desirs de son ame,
Et contre mon dessein i'interesse sa flâme.
Bizarre éuenement d'un proiect genereux!
Faut-il que mon bon-heur me rende mal-heureux,
Que ie sois obligé de pleurer ma victoire!
Et que ma gloire enfin fasse obstacle à ma gloire!

EMILE.

Si ie plains vostre sort, c'est parce seulement,
Que Maxime n'est pas blessé mortellement,
Vos maux eussent finy dans la fin de sa vie;
Car sans doute c'est luy qui choque vostre enuie.

SINDERIC.

Qu'il la choque tousiours, il peut bien s'asseurer,
Que ma mere l'aymant ie le veux honnorer,
Ne me proposez plus des remedes extremes,
Emile, ie les hay plus que les mal-heurs mesmes,
Et deussay-ie mourir en l'estat où ie suis,
On me verra tousiours dans le deuoir d'vn fils.

EMILE.

Mais le coup estant faict que pretendez-vous faire,

SINDERIC.

Tascher d'en obtenir le pardon de ma mere,

Luy monstrer les remords dont mon cœur est percé,
Et lauer par mes pleurs le sang que i'ay versé.

EMILE.

Vous voulez donc la voir?

SINDERIC.

Il le faut bien Emile.

EMILE.

L'effect de ce dessein me semble difficile,
Si quelqu'vn vous voyoit entrer dans sa maison
On pourroit la blasmer auec quelque raison,
On a sçeu le combat d'entre vous & Maxime:
Mais affin d'euiter l'apparence du crime,
Il faut si nous pouuons nous y couler sans bruict,
A trauers l'espaisseur des ombres de la nuict.

SINDERIC.

Il se faict desia tard, le Ciel nous fauorise.
Nature, assitez moy dedans ceste entreprise,
Et ne souffrez iamais qu'au mespris de vos loix
L'amour où l'interest l'emportent sur mes droits.

SCENE IV

IVLIE, LIVIE.

IVLIE.

QVe i'ay peu de repos dedans ma solitude,
Ma fille, & que mon sort est plein d'inquie-
tude,
Ie ne sçaurois souffrir de voir mon fils vainqueur,
Ie brule qu'on me vange, & c'est toute ma peur.
Horace que tes vœux m'estoient insuportables!
Qu'ils m'ont paru cruels, qu'ils estoient charitables!
Et que ie t'aymerois dans ton ressentiment
Si quelqu'autre qu'un fils eut blessé mon amant!
Helas! lors que l'amour remet dans ma memoire,
Que i'ay peu demander ceste triste victoire;
Ie condamne mes vœux, ie les tiens insensez,
Et ie me plains des Dieux qui les ont exaucez.
Ie passe plus auant en confessant mon crime,
Ie cognoy que la peine en est trop legitime,
Mais si tost que ie pense à vanger cét erreur,
Mon fils qui l'a causée allantit ma fureur.
Quoy donc? ie souffriray qu'une main criminelle
Ait blessé mon amant sans m'animer contre elle?

Quoy donc? ie pourray voir l'obiect de mon amour
Perdre son sang, sa gloire, & peut estre le iour,
Sans perdre à mesmes têps l'autheur de ma misere?
Ah! ce funeste obiet r'allume ma colere,
Il court à la vangeance, & desia dans mon cœur
L'image du vaincu triomphe du vainqueur:
Fauorable maistresse, & mere impitoyable,
Ie conçoy des desseins qui me rendent coupable,
Et ie sens mal-gré moy qu'en faueur d'vn amant,
Mon fils deuient l'object de mon ressentiment.
Helas! qu'en ce moment ma fortune est cruelle,
S'il faut estre barbare afin d'estre fidelle!
Ah! fils infortuné comble de mon soucy!
Ne t'ay-ie donc sauué que pour te perdre ainsi?
Et ne t'ay-ie arraché de la main de ton pere,
Que pour te mettre en butte aux fureurs de ta mere?
Maxime! Sinderic!

LIVIE.

     C'est trop vous affliger,
Maxime, à ce qu'on dit, ne court point de danger,
La blessure est legere.

LIVIE.

     Ah! qu'en sçais tu Liuie?
Ie crains qu'elle ne m'oste vne si chere vie,
Pour en sçauoir l'estat, i'ay faict aller chez luy
Vn des miens que i'attens auec beaucoup d'ennuy,

Cependant mon esprit ne s'ose rien promettre.

SCENE V.

CORNELIE, IVLIE, LIVIE.

CORNELIE.

*H*Orace en repaſſant m'a donné ceſte lettre.

IVLIE.

Que dit-il de Maxime ?

CORNELIE.

Il ne m'en a rien dit.

IVLIE.

Liuie approchez-vous, voyons ce qu'il m'eſcrit.
Vous, allez commander qu'on coure apres Horace,
Et me donnez aduis de tout ce qui ſe paſſe.

CORNELIE.

Madame, il eſt bien tard.

IVLIE.

N'importe,

CORNELIE.

Et bien i'y cours.

IVLIE.

Liuie a seule droit de sçauoir mes amours.

LETTRE DE MAXIME A IVLIE.

IE vis encor Madame, & le mal que i'endure,
Et mesme le trepas,
Si ie puis m'assurer que vostre flamme dure
A pour moy des appas;
Souffrez donc que ie vous coniure
De ne me plaindre point, & de ne changer pas.
　　De grace, accordez moy le bon-heur que i'espere,
Et n'acceptez iamais
De mon heureux riual la qualité de mere,
Ce sont tous mes souhaits,
Pourtant quoy que vous puißiez faire,
Si c'est vostre plaisir, mes vœux sont satisfaicts.
　　　　　　　　　　　　　　　　MAXIME.

IVLIE.

Ah dieux! chaque moment augmente ma misere,
Quoy Maxime a donc sçeu que i'auois esté mere?
Et que c'est de mon fils que procede son mal?

LIVIE.

Cela n'est pas croyable, il l'appelle Riual.

IVLIE.

Ah ne me flatte point!

LIVIE.

Ie dy sans complaisance
La chose comme elle est, & comme ie la pense.
Car quel subiect a-t'il de craindre vn changement,
S'il croit que Synderic ne soit pas vostre Amant?

IVLIE.

Encor que ta pensee ait beaucoup d'apparence,
Ie ne puis luy donner vne entiere creance,
Ie forme en mon esprit des monstres pleins d'horreur
Qui portent auec eux la crainte & la fureur:
Il me semble des-ja qu'on fait vn mauuais conte
D'vn fils desaduoüé, qui me couure de honte.
Mais que feray-ie enfin, si Maxime le sçait?

LIVIE.

Vous deuez soustenir ce que vous auez fait,
Accuser hautement Synderic d'imposture.

IVLIE.

IVLIE.

Trahir mon propre sang! démentir sa nature,
Souffrir dedans mon cœur ce combat criminel,
M'exposer aux rigueurs d'vn remords eternel,
Faire qu'vn innocent soit soubçonné de crime!
Bref traitter d'imposteur vn enfant legitime.
Ah! cest effort Liuie excede mon pouuoir,
Et sans plus t'escouter i'escoute mon deuoir.

LIVIE.

Dieux de quel sentiment estes vous animée?
Quoy n'auoir plus de soin de vostre renommée?
Hazarder vostre amour, exposer vostre honneur,
Perdre vostre repos, perdre vostre bon-heur,
Madame regardez quel est ce precipice.

IVLIE.

Helas! de tous costez ie treuue mon supplice,
Mon fils, & mon amant, mon honneur, mon deuoir,
Tout ce que ie conçoy me porte au desespoir.

LIVIE.

Ie m'estonne comment vostre esprit delibere,
La raison vous apprend ce que vous deuez faire,
Vous retracter, Madame, en ceste occasion,
Ce seroit redoubler vostre confusion.

F

IVLIE.

Et bien vous l'emportez honneur inexorable?
Ouy malgré ton reſpect, nature venerable,
Et tous ſes ſentimens de tendreſſe & de ſang,
Mon honneur dãs mõ cœur tiendra le premier rang.
Ouy ie deſaduoüray ce fils qui me diffame,
Et quand on emploiroit & le fer & la flamme,
Pour flechir mon courage, & changer mon deſſein,
I'atteſte tous les dieux que ce ſeroit en vain.

SCENE VI.

IVLIE, SINDERIC.

IVLIE.

MAis le voicy venir, dieux quelle eſt ſõ audace!

SINDERIC.

Ie viens icy Madame, implorer voſtre grace.

IVLIE.

Quoy ie voy Sinderic dans ma chambre, & de nuit!

SINDERIC.

Madame appaiſez vous, le reſpect l'y conduit.

IVLIE.

Sinderic, dans ma chambre, ah dieux quelle inso-
lence!

SINDERIC.

Vous pouuiez en vser auec toute licence,
Ie souffre sans murmure vn si sanglant mespris,
Ainsi parle vne mere, ainsi se taist vn fils.

IVLIE.

Vous mon fils!

SINDERIC.

                    Il est vray que mon erreur insigne
Auec quelque raison pourroit m'en rendre indigne,
Si cette mesme erreur ayant peu m'abuser,
Auiourd'huy deuant vous ne venoit m'excuser,
Mais elle, vous dira qu'elle a commis mon crime.
Ah! si i'eusse eu le bien de cognoistre Maxime,
Iamais nostre combat n'eust causé vostre ennuy,
Où vous eussiez pleuré pour moy non pas pour luy,
Le ciel m'en est tesmoing auant que vous déplaire,
I'eusse exposé ma vie, aux traits de sa colere,
Et l'on verroit respandre en ce mal-heureux iour
Des pleurs à la nature, & non pas à l'amour.
Vous me plaindriez, Madame, ah! destin déplorable!
Ne puis-ie auoir du bien, sans estre miserable!

Faut-il que ma vertu produiſe mon mal-heur?
Que ie te hay vertu, que ie te hay valeur!
Qui ne vous hayroit? Vous cauſez ma miſere,
Vous m'oſtez le repos, & vous m'oſtez ma mere.

IVLIE.

Monſieur, ie n'entens rien dedans tout ce diſcours,
Et vous m'obligerez d'en arreſter le cours,
Auſſi bien il eſt tard.

SINDERIC.

      Eſt ce ainſi qu'on me traitte?
Quoy la nature eſt ſourde auſſi bien que muette?
Et le ſang dont le monde, admire le pouuoir
Auec tous ces efforts ne peut pas l'emouuoir.
Ah ma mere!

IVLIE.

      Croyez que ce nom m'importune.

SINDERIC.

Ie ne veux point troubler voſtre bonne fortune,
Mais ie viens vous prier de ne permettre pas
Que ce coup de mal-heur augmente nos débats;
Et que ie ſois contraint de parler d'vn myſtere
Qui peut bleſſer l'honneur du fils & de la mere,
Cet honneur delicat, de qui la pureté
Souffre du changement lors qu'il eſt diſputé.

Si ie vous demandois l'heritage d'vn pere,
Et si ie n'auois pas la fortune prospere,
Que mon peu de vertu fit honte à ma maison,
Le refus de ma mere auroit quelque raison,
Mais dans la haute estime où la faueur me range,
Qu'il a peu de iustice, & qu'il paroist estrange !

IVLIE.

Plutost que vos desirs ont peu de fondement,
Et qu'vn homme d'honneur se traite indignement !
Si Sinderic estoit accablé de misere,
Si son bien dependoit de celuy de son pere,
S'il cherchoit vn appuy dedans nostre maison,
Le dessein qui l'anime auroit quelque raison,
Mais dans le haut credit où sa faueur le range
Qu'il a peu de iustice & qu'il paroist estrange !

SINDERIC.

Helas ! si le destin m'estoit iniurieux,
Sinderic n'eust iamais paru deuant vos yeux,
Iamais, iamais ce fils n'eust releué son estre,
S'il eust peu faire honte à ceux qui l'ont fait naistre.
Nòn, Madame, il falloit estre ce que ie suis
Afin d'authoriser les droits que ie poursuis,
Et pour pouuoir oster tout soubçon d'imposture,
La fortune deuoit se ioindre à la nature,
Aussi l'a-t'elle faict, & ie suis en vn rang
Digne de ma patrie, & digne de mon sang,

Mais plus i'ay de grandeur, plus on me considere,
Et plus i'ay de raison pour conuaincre ma mere.

IVLIE.

Dites, dites plutost que c'est voftre grandeur,
Qui fournit de deffence à ma iufte froideur,
Si vous eftiez mon fils, si i'eftois voftre mere,
Sinderic, penfez vous que ie le peuffe taire,
Et pour quelle raifon voudrois-ie me priuer
De l'honneur le plus grand qui me peut arriuer?
Ie cognoy vos vertus, ie fçay que si dans Rome
L'on vous tient moins qu'vn Dieu, l'on vous tient
   plus qu'vn homme,
Et que dans quelque efclat qu'ayent vefcu mes a-
   yeulx,
Vous aduoüer pour fils me feroit glorieux.
Ainfi confiderez qui ie fuis, qui vous eftes,
Et parce que ie fay iugez ce que vous faictes.

SINDERIC.

Depuis que mon bon-heur me permet de vous voir,
Madame qu'ay-ie faict qui choque mon deuoir?
Quoy n'ay-ie pas rendu vous rendant mes vifites,
Tout le refpect qu'on doit à vos rares merites?
Et demandant les droits que vous me retenez,
Ces legitimes droits que le ciel m'a donnez,
N'ay-ie pas faict paroiftre vne ardeur viue & pure,
Et telle qu'en nos cœurs allume la nature?

S'il est ainsi, Madame, ah! considerez mieux,
Combien vostre refus doit m'estre iniurieux!
Regardez qui ie suis, regardez qui vous estes,
Et par ce que i'ay faict, iugez ce que vous faites.

IVLIE.

Ie fay ce que ie doy, quand ie veux conseruer
Vn tresor precieux dont on me veut priuer,
Ie fay ce que ie doy quand ie tasche à deffendre
Mon honneur qu'on attaque, & qu'on voudroit sur-
    prendre,
Quoy puis-ie sans horreur escouter vos souhaits,
Moy qui n'ay point de fils, & qui n'en eus iamais!
Et les puis-ie exaucer sans me voir accusée
Du plus lasche forfaict qui tombe en la pensée?
Ah! non non, Sinderic, en l'estat où ie suis,
Vous blasmer & me plaindre est tout ce que ie puis.

SINDERIC.

Et bien plaignez vous donc, mais si vostre memoire
Conserue encor l'effect qu'a produict mon histoire,
S'il vous souuient des pleurs que vous auez versez,
Au funeste recit de mes mal-heurs passez,
Plaignez vous de vous mesme, & plaignez l'in-
    constance,
Dont ie puis vous conuaincre en ceste circonstance,
Ie fay les mesmes vœux que n'aguères i'ay faicts,
Et i'en ressens pourtant de contraires effects.

Vous escoutiez tantost la voix de la nature,
A present vos discours m'accusent d'imposture,
L'obiect de vos faueurs l'est de vostre courroux;
Et vous me condamnez, apres m'auoir absous.
Songez, songez, Madame, à cét amour extréme,
Et si vous vous plaignez, plaignez-vous de vous
    mesme,
Quand vous vous repentez de m'auoir bien traitté,
Vous estes criminelle, ou vous l'auez esté.

IVLIE.

Quoy donc, dans vos discours vous meslez l'arti-
    fice,
Pour me persecuter auec plus d'iniustice?
Et flattant le dessein que vous auez conçeu,
Vous faignez, que tantost ie vous ay bien receu?
Mon ame, ie l'aduoüe, a senty quelque atteinte,
I'ay versé quelques pleurs, i'ay formé quelque plainte
Mais ne sçauez-vous pas que la plainte & les pleurs
Sont des tributs qu'on doit aux extrémes mal-heurs?
Soit que vostre recit fut feint ou veritable,
Il me representoit vn destin lamentable,
Ce tableau m'a surprise, & dans ce mouuement
Mon cœur s'est attendry sans mon consentement.
Ainsi ne croyez pas que l'objet de mes larmes
Pour triompher de moy, vous fourniffe des armes,
Si mon cœur a poussé des soupirs & des vœux,
Ce n'est pas pour vn fils, c'est pour vn mal-heureux,

Sensible

Senfible aux paffions qu'excite la mifere,
I'ay pleuré comme femme, & non pas comme mere.

SINDERIC.

Helas! s'il eftoit vray que la feule pitié
Eut touché voftre cœur, & non pas l'amitié,
Ie n'aurois pas receu tant de douces careffes,
Qui bien plus que vos pleurs ont marqué vos ten-
    dreffes:
Vous le fçauez, Madame, & mon raifonnement
N'appelle à fon fecours que voftre iugement.
Ah ma mere! il eft temps d'exaucer ma priere,
Et de laiffer agir voftre bonté premiere,
Le fang vous a parlé, vous l'auez efcouté,
Le fang vous parle encor, feroit il reietté?
Vous ne me dittes mot, ah fort toufiours contraire!
Puis que la voix du fils ne touche point la mere.

IVLIE

Tous ces noms affectez font icy fuperflus.

SINDERIC.

Quoy n'obtiendray-ie rien?

IVLIE

Ie ne vous entens plus.
h

SINDERIC.

Vn moment d'audiance, & puis-ie me retire.

IVLIE.

Ie ne vous cognoy point,

SINDERIC.

Pouuez vous bien le dire?

IVLIE.

Ie le dis sans contrainte.

SINDERIC.

Ah comble de rigueur!
S'il est vray que la bouche explique icy le cœur,

IVLIE.

C'est là mon sentiment, ie vous le dis encore.

SINDERIC.

Sentiment qui me perd, & qui vous deshonnore;
Ah Madame! cessez de tenir ce propos.

IVLIE.

Mais vous mesme cessez de troubler mon repos.

Ie cognoy vos vertus, mon ame les reuere,
Et ie voudrois pouuoir me dire voſtre mere,
Adieu.

SINDERIC.

Bien, bien, Madame, allez iuſques au bout,
Le reſpeƈt & ce lieu veut que ie ſouffre tout,
Mais puis qu'à vos rigueurs vous ioignez le caprice,
Sçachez, ſçachez qu'ailleurs, on me rendra iuſtice,
Et que tous vos efforts ſeront vains contre moy,
Puiſque i'ay pour appuy la nature, & le Roy.

Fin du quatrieſme Aƈte.

ACTE V.

SCENE PREMIERE.

MAXIME, HORACE.

MAXIME.

Voy cette ingratte change, & ne veut pas
   souffrir
Qu'ō parle de punir ceux qui me font mourir?
Lors que ton amitié veut prendre ma defence,
Que tu parois armé pour vanger mon offence,
Son visage sé trouble, & d'vn lasche discours
Elle retient le bras qui m'offre du secours?
Vertus du siecle d'or en nos iours incognewës
Amour, fidelité, qu'estes vous deuenuës?
Apres ceste disgrace, où puis-ie recourir?
Faut-il changer enfin, dois-ie viure ou mourir?
Ah mourons! mais Horace, admire ma foiblesse,
I'ayme encore Iulie auec tant de tendresse,
Que ie veux la reuoir au parauant ma mort.

HORACE.

Son logis n'est pas loin.

MAXIME.

    Ie tremble, à cet abord.
Ie recherche, & ie fuis ceste belle coupable,
I'ay deffein de la voir, & n'en fuis pas capable.
Helas! que faut-il faire apres ce qu'elle a faict?
Ne dois-ie pas hayr l'ingrate qui me hait?
Mais la puis-ie bannir de mon ame enflammée,
L'ayant si cherement, & si long-temps aymée?
Sentimens genereux, amour, haine, courroux,
Tyrans en mefme temps trop cruels & trop doux,
Quoy pouuez-vous fouffrir que mon cœur vous af-
   femble?
Que i'abhorre Iulie, & l'aime tout enfemble?
Et ne voulez vous pas faire vn dernier effort,
Pour fçauoir qui de vous doit eftre le plus fort?
C'en eft faict, cher amy, l'amour a la victoire,
Iulie & fes appas, regnent dans ma memoire,
Son crime difparoit, & rien ne s'offre à moy,
Que la vertu qui parle en faueur de fa foy.
Ie ne contefte plus, il faut que ie la voye.

HORACE.

Prenons l'occafion que le ciel nous enuoye.
On ouure, & quelqu'vn fort.

SCENE II.

LIVIE, MAXIME, HORACE.

MAXIME.

AH! Liuie est-ce toy?
Que faict nostre maistresse?

LIVIE.

Elle va chez le Roy.

MAXIME.

Chez le Roy!

LIVIE.

Par son ordre.

MAXIME.

Ah comble de ma peine!
Que me dis-tu Liuie?

LIVIE.

Vne chose certaine:
Il à mandé Iulie.

MAXIME.

Il veut donc l'obliger
A receuoir la loy d'vn Seigneur estranger !
Quoy? ce Prince veut donc employer sa puissance,
A faire vne action pleine de violence ?
Et se laissant surprendre aux vœux d'vn fauory.
Il ose mespriser ce qu'il à tant chery ?
Son honneur, son deuoir, sa conscience mesme :
Thresor de plus grand prix que n'est son Diadesme.
Ah ! si le Roy pretend contraindre les esprits,
Il faict ce que les dieux n'ont iamais entrepris.

LIVIE.

Le procedé du Roy ne surprend pas mon ame,
Sinderic dit par tout qu'il est fils de Madame,
Qu'elle doit l'aduoüer, & que c'est sans raison
Qu'on luy veut contester les droits de sa maison,
Vous auez desia sceu comme elle le rebute,
Theodoric veut donc finir ceste dispute,
Pour preuenir les maux qu'elle pourroit causer.

MAXIME.

O Dieux ! qu'en cest endroit i'ay droit de m'accuser,

I'auoy creu iusqu'icy que ce tiltre de mere
Estoit vn ieu d'amour.

LIVIE.

                Ah ie deuois me taire!
Quoy vous ne sçauiez point?

MAXIME.

                 Non veritablement.

LIVIE.

Et vous auiez donc creu?

MAXIME.

                 Qu'il estoit son amant,
Et que sans respecter la foy qui nous engage,
Theodoric vouloit faire ce mariage.

LIVIE.

Que Iulie est trompée; & que i'ay de mal-heur!

MAXIME.

Où vas tu?

LIVIE.

Laissez-moy.

SCENE

SCENE II.

MAXIME, HORACE.

MAXIME.

Sortez, donc de mon cœur,
Soubçons iniurieux qui trauersiez ma flamme,
Vous pouuoy-ie souffrir vous qui blâmiez Madame
Mais d'où peut proceder qu'vn bon-heur infiny
N'a duré qu'vn moment? qui vous a donc banny?
Quoy, ie ne vous sens plus, bon-heur inestimable?
Et ie sens malgré vous que ie suis miserable?
Iulie a des enfans! Horace qu'en dis-tu?
Peut elle l'aduoüer sans blesser sa vertu?
Lepide n'en eust point.

HORACE.

Non pas au moins qu'on sçache.

MAXIME.

Donques à son honneur elle a faict quelque tache!
Donques ceste vertu dont ie fais tant d'estat,
Qui brille dedans Rome auecques tant d'eclat,

M.

De qui la renommée a pris tant de matiere,
Auroit veu quelque fois défaillir sa lumiere!
Ah ce dernier mal-heur surpasse le premier!

HORACE,

Mais comment l'en conuaincre? elle peut le nier,
Personne n'a iamais osé blasmer sa vie:

MAXIME.

Quoy l'on pourra douter de l'honneur de Iulie!
Quoy sa haute vertu receura cest affront!
C'est ce qui me surprend, c'est ce qui me confond.
Horace, ie sçay bien l'estrange ialousie,
Dont le vieillard Lepide auoit l'ame saisie,
Ie sçay qu'il fut touché de ces soucis rongeants,
Dont ceste passion trouble les vieilles gens,
Et que mesme il en vint à ce point de folie,
Qu'il creut Rome suspecte aux beautez de Iulie,
Que pour la mieux garder il alla viure aux champs,
Mais ie n'ay iamais sceu qu'elle eut eudes enfans.

HORACE.

Il me souuient pourtant que pendant leur voyage,
Dans Rome on en conçeut quelque sorte d'ombrage,
On parla sourdement que Lepide auoit eu
Vn enfant de Iulie, & plusieurs l'auoient creu;
Mais de puis leur retour leur mes-intelligence
Auoit de tous ces bruits détourné la creance,

Toutesfois ſi l'on veut examiner le temps
L'âge de Sinderic les rend fort apparans,
Et dans le haut eſclat où l'on le voit pareſtre,
Puis qu'il ſe dit ſon fils, ie croy qu'il le doit eſtre.

MAXIME.

Que Iulie ayt vn fils, ou qu'elle n'en ayt pas,
Ie la regardé encore auec tous ſes appas,
Ie cognoy ſa conduite, & preſente & paſſée,
Ie cognoy ſes diſcours, ie cognoy ſa penſée,
Et ſi toſt que l'enuie attaque ſon honneur,
I'eſcoute la vertu qui parle en ſa faueur.
En vn mot c'eſt Iulie, il faut que ie l'eſtime,
Croire qu'elle euſt failly, ce ſeroit faire vn crime,
Et conçeuoir contre-elle vn ſoubçon ſeulement,
Ce ſeroit meriter pis que ſon changement.
Mais afin que mon ame en ſoit mieux eſclaircie,
Allons voir chez le Roy, Sinderic & Iulie,
Sçachons leurs differens, & voyons en ce iour
Combattre la nature, & triompher l'amour.

SCENE III.

THEODORIC, BOECE, la suitte de
THEODORIC, SINDERIC, IVLIE,
SINDERIC.

G Rand Monarque escoutez la voix de la nature.

IVLIE.

Seigneur n'escoutez point la voix de l'imposture.

THEODORIC.

Ie vous feray iustice.

IVLIE.

Ah Seigneur!

THEODORIC.

C'est assez,
Mais ne vous troublez point, Sinderic commencez.

SINDERIC.

Les Cieux me sont tesmoins auec quelle contrainte
Ie porte deuant vous ma legitime plainte;

Et si ie n'ay pas faict tout ce que ie deuois
Pour cacher nostre honte au plus iuste des Roys.
Ma mere vous sçauez que souuent par des larmes
Vostre fils à tasché de vous oster les armes,
Et que c'est la raison qui me vient enseigner,
Que ie doy vaincre vn cœur que ie n'ay peu gaigner.
Helas! qui le croiroit, dedans cette auanture,
Ces puissans mouuemens qu'inspire la nature,
Ces eslans d'amitié que le sang met au iour,
Et tout ce qu'il produit de tendresse & d'amour,
Apres auoir en vain sollicité mon pere,
Defaillent auiourd'huy dans l'esprit de ma mere.
Vous auez sçeu Seigneur qu'vn pere trop ialoux
D'abord que ie fus né m'esloigna de chez nous,
Et que sa ialousie eust mesme la puissance
De le faire resoudre à cacher ma naissance.
De là naist ce debat, lamentable & nouueau,
C'en est auiourd'huy l'ame ainsi que le flambeau,
Qui perçant l'espaisseur d'vn grand nombre d'années,
Tire de leur cahos mes sombres destinées,
Et desbroüillât les droicts que les cieux m'ont acquis,
Vient confondre vne mere, & découurir vn fils.
Mere autresfois trop douce, à present trop cruelle,
Pourquoy ne souffriez vous qu'vn ame criminelle
M'immolast en naissant à ses soubçons ialoux?
Si vous me reiettez, pourquoy me sauuiez vous?
Mais pourquoy donc hyer m'aduoüer ma naissance?
A quoy pouuoit seruir cette recognoissance?

M iij

Si vous auiez deſſein d'en empeſcher l'effect?
Helas que faictes vous ?ou bien qu'auez vous faict?
Ah! qu'on doit admirer en cette conionEture,
Le merueilleux pouuoir qu'a ſur nous la nature,
Vous pleuriez auec moy, vous m'ebraſſiez, ah Cieux!
Que ne reteniez-vous, & vos bras, & vos yeux?
Ne ſoubçonniez,-vous pas que l'on vous peut ſur-
    prendre?
Mais que facilement vous pouuez-vous deffendre,
Dittes qu'on ne peut point dans ces euénements
Auoir vn cœur de mere, & d'autres ſentimens,
D'où vient donc, direz vous, cette force noüuelle
Qui me faict auiourd'huy vous eſtre ſi cruelle?
C'eſt à vous de ſçauoir d'où naiſſent vos rigueurs,
Il n'eſt point de raiſon en pareilles erreurs.
Mais pour en quelque ſorte amoindrir voſtre crime,
Et teſmoigner encor combien ie vous eſtime,
Ie pretens faire voir que vous auez ſubiect
De choquer auiourd'huy le cours de mon projeEt.
Rome & toute la terre ignoroit ma naiſſance,
Vous n'en auiez rien dit pendant ma longue abſence,
Ny faict aucun effort pour ſçauoir où i'eſtois,
Vous auez donc deu craindre ou la honte, ou les
    loix.
Qui le ſçait auiourd'huy le pouuoir tyrannique
Que ta honte s'acquiert ſur vne ame pudique?
Et l'horreur que les loix impriment dans vn cœur,
Qui ſe ſent par ſoy-meſme accuſé d'vn erreur?

Tay-toy, lasche interest, passion du vulgaire,
Non, non, ce n'est pas toy qui me retiens ma mere,
Ce n'est que la pudeur & la crainte des loix,
Mais ie veux les combatre encore vne autrefois.
Nature à mon secours, inspirez à mon ame
Ces puissans mouuemens de tendresse & de flamme,
A qui rien ne resiste, & qui sçeurent toucher
Vn cœur qui maintenant est plus dur qu'en rocher.
Romains qui cognoissez Sinderic & Iulie,
Croyez vous qu'elle fit vne tache à sa vie,
Aduoüant auiourd'huy Sinderic pour son fils,
Ou qu'il voulut gaigner vne mere à ce pris?
Tout le monde respond qu'on ne le sçauroit croire,
Qu'ils sçauent que tous deux nous aymons trop la
    gloire,
Que vous pouuez me rendre & ma mere & mon
    nom,
Sans craindre de leur part, ny blasme ny soubçon.
Mais vous craignez la loy que vous auez enfreinte,
Chassez de vostre esprit cette inutille crainte,
Nous viuons soubs vn Roy qui peut tout pardonner,
Demandez vostre grace, il vous la va donner.
Quoy donc à ce discours vous restez insensible?
Et de vous esmouuoir il ne m'est pas possible?
Mais apres ces rigueurs au moins permettez moy
D'implorer à genoux la iustice du Roy.
Seigneur, accordez moy le bon-heur que i'espere,
Rendez la mere au fils, & le fils à la mere,

Et par vne action digne de voſtre rang,
Reioignez auiourd'huy le ſang auec le ſang.

THEODORIC.

Leuez vous.

IVLIE.

Ah Seigneur entendez ma deffence!

THEODORIC.

Leuez vous, & parlez auec toute aſſeurance.

IVLIE.

Ie ne puis m'aſſurer des choſes que ie voy,
Sinderic, eſt-ce vous? ſommes nous chez le Roy?
Vous me trompez mes yeux! Quoy ce grand Capi-
*   taine,*
Qui s'aquit tant de gloire au ſiege de Rauene,
Fait donc ſi peu d'eſtat de l'honneur de ſon nom,
Qu'il le met en balance auecque ma maiſon?
Qui le croiroit bons Dieux dedans cette auanture,
L'impoſture ſe ſert des droits de la nature,
Et ſans craindre la honte, & la rigueur des loix,
S'expoſe au iugement du plus iuſte des Roys.
Que ſont donc deuenus ces efforts de la honte,
Depuis que Sinderic en tient ſi peu de conte?
Vous voulez Sinderic, qu'elle ait peu m'obliger
A traicter mon enfant ainſi qu'vn eſtranger,

Et ſi

Et si l'on vous en croit elle n'a pas peu faire,
Qu'vn enfant n'ayt tasché de diffamer sa mere.
Quoy? si la honte a peu signaler son pouuoir,
Et contre la nature, & contre le deuoir,
Ne pourroit elle pas parlant pour l'vn & l'autre,
Vous resoudre à sauuer mon honneur & le vostre;
Sans doute Sinderic, ce sont là les beaux fruicts,
Si vous estiez mon fils, que la honte eust produicts;
On ne vous verroit point dedans cette audiance,
Demander hautement vostre recognoissance,
Accuser vostre mere, & remontrer au Roy
Qu'elle encourt iustement les rigueurs de la loy.
Sinderic, Sinderic, considerez de grace
Quelle est le precipice ou vous pousse l'audace,
Quãd vous me poursuiuez, vous vous rēdez suspect,
Vn veritable fils n'est iamais sans respect.

  Mais c'est trop s'arrester sur vne procedure
Dont le moindre incident decouure l'imposture,
Quittant donc le discours d'vn iniuste proiect,
Ie passe à la raison de tout ce que i'ay faict.
La honte ny les loix n'ont point forcé mon ame
A faire vn dés-adueu dont Sinderic me blasme,
Sans blesser mon honneur en l'estat où ie vis,
Ie pouuois l'aduoüer s'il eust esté mon fils.
Est-ce donc quelque hayne? ah! seroit il croyable,
Qu'on hait sans subiect vn homme incomparable,
A qui les gens d'honneur esleuent des autels,
Et qu'estimé auiourd'huy le plus grand des mortels?

N

Seroit-ce l'interest, il confesse luy-mesme,
Que ie suis à couuert de cét erreur extréme.
Qu'est-ce qui le peut donc chasser de ma maison?
C'est la raison, Seigneur, c'est toute ma raison,
Prononcez donc grand Prince vne iuste sentence,
Qui priue Sinderic de sa recognoissance,
Et qui mette en repos les viuans & les morts,
Mais ne punissez pas ses iniustes efforts,
Pardonnez luy grand Roy l'erreur le rend coupable,
Et peut bien auiourd'huy le rendre pardonnable,
C'est toute la faueur que i'espere de vous,
Seigneur pour l'obtenir i'embrasse vos genoux.

THEODORIC.

Leuez-vous, mais Boece enfin que doy-ie faire?

IVLIE.

Pardonne à Sinderic.

SINDERIC.

Pardonnez à ma mere,

THEODORIC.

Passez dedans la sale, & laissez nous icy.

SCENE III.

THEODORIC, BOECE, suitte de
Theodoric.

THEODORIC.

Boëce leurs discours ne m'ont point esclaircy,
Ie ne sçay que resoudre.

BOECE.

En l'affaire presente,
Sire ie ne voy point d'épreuue suffisante,
Ie croy que Sinderic a raison en effect,
Et les presomptions sont pour luy tout à faict,
Mais ie n'estime pas que sur vne apparence
On puisse en sa faueur donner vne sentence.

THEODORIC.

Dieu pourquoy souffrez vous qu'auec impunité
Le mensonge se mesle auec la verité?
Qu'on confonde auiourd'huy deux choses si contraires
Pour cacher à nos sens la raison des affaires.
Ie ne me vis iamais dans vn pareil combat.

BOECE.

Seigneur sur ce subiect consultons le senat.

THEODORIC apres auoir vn peu pensé.

Il n'en est pas besoing, ie voy dedans mon ame
La brillante clarté d'vne secrete flamme,
Chasser l'ombre & l'erreur qui possedoit mes sens.
Nos criminels enfin sont tous deux innocens,
L'vn cherche son bonheur, l'autre craint l'infamie,
Et ie sçay le moyen de conuaincre Iulie.
Qu'on la fasse venir, vous verrez en ce point,
Que les Rois sont des dieux que l'on n'abuse point.

Iulie
entre.

SCENE IV

IVLIE, THEODORIC, & sa suitte.

THEODORIC

IVlie, il est certain qu'en cette procedure
L'erreur s'est emparé des droicts de la nature,
Que sans difficulté Sinderic s'est mespris,
Vous n'estes point sa mere, il n'est point vostre fils,
Aussi, des à present mon pouuoir vous dispense
De ses pretentions pour sa recognoissance.

IVLIE.

Que ie vous doy seigneur apres ce jugement !

THEODORIC.

En effect sa poursuite estoit sans fondement,
Et ie recognoy bien plus ie vous considere,
Que Sinderic eust tort de vous choisir pour mere.
Plutost qu'aymer en vous vne suitte d'ayeulx,
Il deuoit adorer les attraicts de vos yeux,
Et changeant en amour cette amitié seuere,
Vous aymer comme amante, & non pas côme mere.

IVLIE.

Ie ne respondray rien en l'estat où ie suis,
Baisser les yeux, seigneur, est tout ce que ie puis.

THEODORIC.

Mais vous estes encor au plus beau de vostre âge,
Quoy! voulez vous mourir dans ce triste vefuage?
Sçachez que vostre Roy condamne ce dessein,
Et qu'il veut vous donner vn espoux de sa main,
Dont la haute vertu merite vostre estime,
Que vous ayez aymé;

IVLIE.

C'est sans doute Maxime.

THEODORIC.

Ie ne vous entens point,

IVLIE.

Ie difois à mon Roy,
Que toufiours fes defirs me tiendront lieu de loy.

THEODORIC.

Puis que ie fuis certain de voftre obeyffance,
Ie ne vous tiedray point plus long-temps en balance,
Rauy que Sinderic ne foit point voftre fils,
Que les liens du fang ne vous ayent point vnis,
Par de puiffans motifs d'amour, & de Iuftice,
Ie veux dés auiourd'huy que l'hymen vous vniffe

IVLIE.

Ah! reuoquez feigneur cette feuere loy.

THEODORIC.

Quoy vous vous retractez?

IVLIE.

Et de grace, grand Roy,
Difpenfez mon efprit d'vne telle contrainte!

THEODORIC.

Mais d'où peut proceder voftre fubiect de plaint
Le party qu'on vous offre a-til quelque défaut?
Pouuez-vous iuftement en pretendre vn plus haut?

IVLIE.

Seigneur il est trop grand, & trop considerable,
L'excez de sa grandeur me rendroit miserable.

THEODORIC.

Ne vous obstinez plus à choquer mes proiects,
Les Rois comme il leur plaist esgalent leurs suiects.

IVLIE.

Seigneur vous pouuez tout, mais ie sens dans mon
    ame
Vn secret mouuement qui s'oppose à ma flamme,
Ce party, quoy qu'illustre, est pour moy sans appas,
Ie ne sçauroy l'aymer ne le cognoissant pas.
Et si ie n'ayme point, puis-ie estre destinée
Par vostre iugement au ioug de l'Hymenée ?
Et voudriez-vous agir auec tant de rigueur
Que de vouloir forcer la liberté du cœur ?

THEODORIC.

Ie vous offre vn espoux que tout le monde estime
Ieune, adroit, liberal, courtois, & magnanime,
Si vous auez du cœur, vous deuez l'estimer,
Et si vous l'estimez, vous pourrez bien l'aymer,
L'ame la plus rebelle auec le temps s'engage,
Et l'amour est souuent l'effect du mariage,

Ainſi voſtre refus eſtant ſans fondement,
Cét Hymen doit auoir ſon accompliſſement.

IVLIE.

Au nom de vos bontez que le monde reuere,
Grand Prince, reuoquez un arreſt ſi ſeuere,
Il ne m'eſt pas permis de diſpoſer de moy,
Mon ame eſt engagée, & i'ay donné ma foy,
Voulez-vous donc ſeigneur, que ie ſois infidelle?
Que i'eſteigne vne flamme auſſi pure que belle?
Et ſans conſiderer mes ſermens amoureux,
Que cét Hymen fatal faſſe trois mal-heureux?
Ah ſeigneur!

THEODORIC.

C'eſt en vain que voſtre eſprit me choque,
La volonté des Roys iamais ne ſe reuoque,
Ceſſez de m'oppoſer vos ſermens, voſtre foy,
Vous eſtes degagée en receuant ma loy,
Et la neceſſité de voſtre obeyſſance,
Vous peut mettre à couuert du blaſme d'inconſtáce.
Enfin, c'eſt vn arreſt que vous deuez ſubir,
C'eſt à moy d'ordonner; c'eſt à vous d'obeyr.

IVLIE.

Ah! ie reclame icy voſtre iuſtice extréme!
I'en appelle ſeigneur de vous meſme à vous meſme!
THEODORIC.

THEODORIC.

Ne me repliquez plus, vous deuez auiourd'huy
Receuoir Sinderic, & vous donner à luy.

IVLIE.

Receuoir Sinderic! & luy donner mon ame.
Luy qui me persecute, & veut me rendre infame!
Qui vient me souftenir à la face du Roy,
Que i'ay trahy mon sang, & violé ma foy!

THEODORIC.

Si de son procedé vous estes offencée,
C'eft contre la raifon, & contre fa penfée,
Il s'eft cru bien fondé dans ses pretentions,
Et vous la faict fçauoir par des submiffions,
Vos mauuais traictemens l'ont forcé de se plaindre;
N'ayant pû vous gaigner il vouloit vous con-
     traindre;
Mais auec tant d'honneur, & par tant de refpect,
Qu'on euft crû qu'il eftoit à luy-mefme fufpect,
Qu'il craignoit d'obtenir l'effect de fa priere,
De peur que son plaifir ne defpleuft à fa mere;
Outre qu'auparauant l'arreft que i'ay donné
Demandant son pardon vous l'auez pardonné.

IVLIE.

Mais, s'il croyoit encor que ie fuffe fa mere,
Voudroit-il approuuer cét infame myftere?

Et quand il penseroit que ie ne la suis point
Voudroit-il hasarder de faillir àce point?

THEODORIC.

Ie la tiens, poursuiuons ; il a trop d'asseurence,
De la sincerité de vostre conscience
Pour croire que iamais vous puissiez vous porter,
A cest horrible crime,

IVLIE.

        Ah ! ie veux l'euiter,
Mais vous me contraignez.

THEODORIC.

        Nous la tenons Boece.

IVLIE.

Ah de grace, seigneur, excusez ma foiblesse,
I'ay failly, ie l'aduoüe, & i'ay bien merité
D'estre auiourd'huy punie auec seuerité.

THEODORIC. à quelqu'vn de sa suitte.

Appellez Sinderic.

IVLIE.

        Doux sentimens de mere,
Efforts de la nature, enfin ie vous reuere !

O sang! que tes liens doiuent estre puissans,
Puis que mal-gré nos vœux tu captiues nos sens!

SCENE V.

MAXIME, SINDERIC, THEODORIC,
IVLIE.

SINDERIC.

Maxime c'est assez, n'en parlons plus de grace,
Et que de vostre esprit tout le passé s'efface.
Ie me suis expliqué, vous m'auez esclaircy,
Viuons bien désormais.

MAXIME.

Ie le souhaite ainsi.

IVLIE.

Le voicy, c'en est faict, nature ie te cede,
Il vous a dict, seigneur, d'où mon crime procede,
La honte m'a forcée à le desaduoüer.

THEODORIC.

Cet e force d'esprit ne se peut trop loüer.

IVLIE.

Il eſt pourtant, mon fils, ie le ſens, ie l'eſpreuue,
Ie ne ſçauroy le voir ſans que mon ſang s'eſmeuue,
Sinderic eſt mon fils, c'eſt vn aducu ſeigneur,
Que ma bouche vous faiƈt beaucoup moins que mon
    cœur.

THEODORIC.

Aduancez Sinderic, nous auons la victoire,
Ie vous rends voſtre mere.

SINDERIC.

        O comble de ma gloire!
Ie reçois auiourd'huy de voſtre maieſté
Le ſeul bien qui manquoit à ma felicité,
Ie deuois ma fortune à voſtre bien-veuillance,
Ie dois à voſtre arreſt l'eſclat de ma naiſſance,
Mon honneur, mon repos, enfin ie tiens de vous
Tout ce que mon deſtin à d'illuſtre & de doux.
Mais i'oſe encor ſeigneur vous faire vne priere
De grace accordez moy Maxime pour beau pere.

THEODORIC.

Ie vous accorde tout, mais à condition,
Qu'ils vous accorderont leur approbation:

IVLIE.

Ah! seigneur, si Maxime ayme encor sa maistresse,
S'il me peut pardonner cette extréme foiblesse,
Que mon esprit confus a faict voir auiourd'huy,
Vous respondant pour moy ie vous respons pour luy.

MAXIME.

Vous le pouuez, Madame, auec toute assurance,
L'amour que i'ay pour vous vient de ma cognoissance,
Et mon esprit qui lit dans vos intentions,
Appreuue aueuglement toutes vos actions.

THEODORIC.

Ioüyssez donc des biens que le Ciel vous enuoye,
Et croyez, que mon cœur prend part à vostre ioye.

SINDERIC.

O bonté sans exemple! ô Prince genereux,

IVLIE.

Que vous estes diuin!

MAXIME.

Que nous sommes heureux!

SINDERIC.

Grands dieux que puis-ie rendre à qui me rend ma
    mere,
Qui ne soit au dessoubs de ce que ie doy faire!

MAXIME.

Quel hommage nouueau puis-ie faire à mon Roy,
Qui me donne vne femme & couronne ma foy?

IVLIE.

Mais quel ressentiment puis-ie faire parestre,
Qui responde aux faueurs que ie doy recognestre?
Et n'est-ce pas trop peu qu'adorer à genoux,
Vn Roy qui m'offre vn fils, & me donne vn espoux?

THEODORIC.

Ne me regardez point dedans cette occurrence,
Comme le seul autheur de vostre intelligence,
Portez vostre pensée en vn plus digne lieu,
Ce merueilleux decret est vn œuure de DIEV.

Fin du cinquiesme & dernier Acte.

Extraict du Priuilege du Roy.

PAr grace & Priuilege du Roy, donné à Paris le troisiesme iour de May mil six cens quarante-vn, signé, Par le Roy en son Conseil, LE BRVN, il est permis à ANTOINE DE SOMMAVILLE, Marchand Libraire à Paris, d'imprimer ou faire imprimer, vendre & distribuer vne piece de Theatre intitulé, *le Fils desaduoüé, Tragi-comedie,* & ce durant le temps de cinq ans, à compter du iour que ladite Piece sera acheuée d'imprimer, & defenses sont faites à tous Imprimeurs & Libraires, & autres de quelque condition qu'ils soient, d'en imprimer, vendre ou distribuer d'autre impression que de celle qu'aura fait ou fait faire ledit DE SOMMAVILLE ou ses ayans cause, sur peine aux contreuenans de mil liures d'amende, & de tous ses despens, dommages & interests; ainsi qu'il est plus amplement porté par lesdites Lettres, qui sont en vertu du present extraict tenuës pour deüement signifiées.

Acheué d'imprimer le 17. Octobre 1641.

Les Exemplaires ont esté fournis.